MÄDCHEN 10 Jahre im Glück

Das lustige Ratgeberbuch für Mädchen.

Ein Geschenkbuch für Girls mit Rückblick über die vergangenen Jahre und tollen Tipps und Tricks für die Zukunft

Autorin

Sarah Berg

ISBN: 9798441394604

Inhalt

Geschenkbuch für 10-Jährige Mädchen

10-Jährige Mädchen stecken noch voll im Familienleben drin. Sie lieben es, Ausflüge mit Mama und Papa zu machen und mit der älteren Schwester oder dem Bruder ins Kino zu gehen. Ein Besuch im Wildpark am Wochenende ist die Krönung überhaupt und eine mögliche Alpaka-Wanderung ein unvergessliches Erlebnis. Selbstverständlich sind auch Spieleabende mit Freunden immer eine tolle Abwechslung. Mädchen, im Alter von 10 Jahren, sind jedoch auch kreativ unterwegs, denn sie basteln sehr gerne. Bücher sind ebenfalls, gerade für Mädchen in diesem Alter, ein absolutes Muss. Besonders gut kommen in diesem Alter Pferdegeschichten an, aber auch solche, die sich um den Schulalltag drehen. 10-Jährige Mädchen fangen gerade erst an, eine eigene Persönlichkeit zu entwickeln. Sie sind eigentlich noch Kind, aber richten Ihren Blick schon genauer auf das, was Erwachsene so treiben.

Humorvoller Rückblick auf vergangene Jahre

Erinnerst Du Dich noch an Deinen ersten Schrei als Du aus Mamas Bauch gekommen bist? Wahrscheinlich eher nicht, aber Deine Mama kann Dir bestimmt davon berichten, wie es war, dich das erste Mal im Arm zu halten, Deine Stimme das erste Mal zu hören und Dein Lächeln zu sehen. Dann ging wahrscheinlich alles recht schnell, denn Du hast angefangen herauszufinden, wie es ist, wenn Du schreist. Welche Schreilaute Du von Dir geben musst, damit man Dir die ganze Aufmerksamkeit schenkt. Nach einigen Wochen fing dann der Lernprozess an. Wusstest Du eigentlich, dass Babys enorm viel in den ersten Monaten lernen und eine große Auffassungsgabe haben? Du hast gelernt, wie Du Dich am besten drehen kannst, wie Du krabbeln musst und wie Du es schaffst, Dich auf Deinen eigenen Beinen fortzubewegen. Jedes Mal, wenn Du etwas Neues gelernt hast, dann war dies nicht nur für Dich ein besonderer Moment, sondern auch für Deine Eltern.

Die ersten Worte finden alle Eltern einfach nur zuckersüß. Weißt Du noch, welches Wort Du als erstes gesprochen hast? In den meisten Fällen ist dies Mama oder Papa. Wie war das bei Dir? Du bist sicherlich auch in den Kindergarten gekommen und hast auch hier sehr viel gelernt. Wie war Dein erster Schultag? Die Einschulung ist für alle Kinder und deren Familie etwas ganz Besonderes und bleibt stets unvergessen. Jetzt bist Du schon 10 Jahre alt und sicherlich kein kleines Mädchen mehr, sondern eine junge Dame. Du hast bestimmt ganz andere Interessen, als dies noch vor ein paar Jahren der Fall gewesen ist, aber das ist auch normal und sehr gut so. Du entwickelst Dich weiter und lernst immer mehr hinzu.

Meine ersten 10 Jahre - So sehe ich mich

Hier kannst du etwas eintragen. In ein paar Jahren wirst du dir dies gerne noch einmal anschauen.

Meine ersten 10 Jahre - So sieht mich meine Familie

Hier kann deine Familie etwas eintragen. In ein paar Jahren wirst du dir dies gerne noch einmal anschauen.

Eltern und Geschwister können ausgesprochen nervig sein

Die Eltern immer mit ihren Regeln. „Das ist doch alles gar nicht so schlimm“, denkst Du sicherlich. Eltern haben das Sagen, das ist einfach so und eigentlich möchten sie für Dich nur das Beste. Es geht leider im Leben nicht ohne Regeln und ein paar Vorschriften. Sicherlich wäre es schön, wenn jeder das machen könnte, was er möchte, aber das geht nun mal einfach nicht. Selbst, wenn Du irgendwann volljährig bist, musst Du Dich anderen Menschen anpassen. Es ist immer ein Geben und Nehmen. Selbst, wenn Deine Eltern Dir so richtig auf den Zeiger gehen, versuche doch einfach mal, ihnen einen Schritt entgegenzukommen. Du wirst sehen, wenn sie merken, dass Du dich bemühst, kommen sie auch einen Schritt auf dich zu.

Geschwister können einen ebenfalls so richtig nerven und die Laune verderben. Hierbei spielt es überhaupt keine Rolle, ob Deine Geschwister jünger oder älter sind als Du. Kleinere Geschwister möchten einfach Aufmerksamkeit haben und außerdem gibt es so viele tolle Dinge in Deinem Zimmer, die sie gerne einmal ausprobieren möchten. Hab ein bisschen Verständnis für sie, auch wenn es manchmal nicht ganz so einfach ist. Denke daran, dass Du auch mal in dem Alter gewesen bist und sicherlich auch bei Dir nicht immer alles so glatt gelaufen ist. Wenn Dich Deine älteren Geschwister nerven, kannst Du das Gespräch suchen oder mit ihnen einen Kompromiss schließen. Versuche es hier doch einfach mal auf der freundschaftlichen Ebene.

Dein Verhältnis zwischen Dir und Deinen Eltern

In einem Alter von 10 Jahren beginnst Du Dich in Deiner Erscheinung und Deiner Wirkung von den anderen zu unterscheiden. Du bemerkst, dass ihr Euch in unterschiedliche Richtungen entwickelt. Langsam fängst Du an, Deine eigene Meinung zu haben. Das geht auch Deinen Eltern nahe und es kommt zu Auseinandersetzungen. Du beginnst Dir Vorbilder und Ideale zu suchen. Vorher waren es Deine Eltern, an denen Du Dich orientiert hast. Du entwickelst ein aktives Ich-Bewusstsein, was eine enorme Verbindung mit Deiner eigenen Persönlichkeit eingeht. Es stellen sich Stimmungsschwankungen ein und Deine Eltern beginnen Dich zu nerven, obwohl sie sich nicht anders verhalten als sonst. Ebenso wie Du sind auch Deine Eltern verunsichert, weil Du auf einmal anders bist und sie nicht wissen, wie sie damit umgehen sollen. Du veränderst Dich nicht nur körperlich, sondern auch psychisch. Dein Schlaf verändert sich. Es macht sich eine gewisse Zickigkeit bemerkbar. Egal, was Deine Eltern machen, es ist nie richtig. Es beginnt eine Phase, in der Du Dir nichts mehr sagen lassen willst und allmählich werden Deine Eltern Dir peinlich. Du beginnst zu rebellieren, weil Du dabei bist, Deinen eigenen Weg und Dein eigenes Ich zu entwickeln. Hast Du Deinen Eltern früher immer alles erzählt, fängst Du an, das ein oder andere für Dich zu behalten. Es missfällt Dir, wenn Deine Eltern einfach so in Dein Zimmer spazieren, wie sie es eigentlich schon immer gemacht haben. Zudem brauchen Deine Eltern Flügel, um durch Dein Zimmer hindurch zu kommen. Du brauchst mehr Privatsphäre. Du bist dabei Dich freizustrampeln und willst mehr Freiraum für Dich beanspruchen.

Dein Verhältnis zwischen Dir und Deinen Geschwistern

Insbesondere in der Zeit der Pubertät streiten sich Geschwister häufig. Beide suchen nach ihrer Position in der Familie. Sie möchten einzigartig sein und sich selbst darstellen. Es ist demnach ganz normal, wenn Du mit Deinen Geschwistern um die Gunst Deiner Eltern kämpfst. Bist Du in der Pubertät oder sogar auch Dein Geschwisterchen, dann geht so richtig die Post ab. In der Pubertät grenzt Du Dich besonders von Deinen Eltern und Geschwistern ab. Eine gute Idee ist es, sich zu überlegen, wie man sich in einem solchen Fall am besten verhält, bevor der nächste Streit aufkeimt. Ihr könntet beispielsweise vereinbaren, sollte es wieder mal zu einem Streit kommen, dass Ihr Euch für die nächste halbe Stunde aus dem Weg geht. So kann sich jeder von Euch abreagieren. Die erste Wut ist verraucht und Ihr könnt besser miteinander sprechen.

Warum dürfen meine Geschwister mehr als ich?

Bist Du die Älteste, wird sich Dein Leben verändern, wenn das Geschwisterchen unterwegs ist. Du hast nicht mehr den Status des Einzelkindes. Als Einzelkind bekamst Du die volle Aufmerksamkeit Deiner Eltern. Du warst der Mittelpunkt. Nun musst Du all das mit dem Geschwisterchen teilen. Oft haben die älteren Geschwister für ihre Kleineren eine Vorbildfunktion. Daher dürfen die jüngeren Geschwister Dinge eher, als die älteren Geschwister in dem Alter. Du musstest Dir als Älteste alles erkämpfen. Du übernimmst eine Betreuerfunktion. Deine Erziehung war strenger. Du wurdest öfters ermahnt und bestraft als Deine jüngeren Geschwister. Deine Eltern mussten sich bei Dir erst in die Elternrolle einfinden. Bei den nachfolgenden Geschwistern wissen sie dann manches besser und reagieren dann auch anders, als bei Dir in dem Alter. Das könnte bei Dir das Gefühl auslösen, dass Deine Geschwister mehr dürfen als Du.

Geschwister können zu Rivalen werden

Geschwister haben untereinander eine starke Bindung. So stark die Bindung aber auch sein mag, genau so viele Ungereimtheiten gibt es. Das kann bis zur Rivalität führen. Jeder von Euch möchte von seinen Eltern die ungeteilte Liebe und Aufmerksamkeit haben. Da dies nicht möglich ist, kommt es zu Neid, kämpferischem Verhalten und Eifersucht. Daraus lernst Du aber auch und kannst Deine ersten Beziehungserfahrungen sammeln. Vielfach seid Ihr in der Lage, Eure Differenzen alleine zu bereinigen. Gerade, wenn Ihr Euch sehr ähnlich seid, fallen die Konkurrenzkämpfe noch größer aus. Verändert sich die Lebenssituation, endet dies auch häufig in Rivalitäten. Eine solche veränderte Lebenssituation kann die Geburt eines Geschwisterchens sein, das Deine Eltern dann erst mal sehr in Anspruch nimmt. Bei Dir kann es so zu Verlustangst und Eifersucht kommen, da Du glaubst, Deine Eltern hätten Dich nicht mehr lieb. Wie gut Geschwister sich verstehen ist unterschiedlich. Zwar wächst Du mit Deinen Geschwistern unter den gleichen Bedingungen auf, aber trotzdem seid Ihr total verschieden. Häufig beginnt die Rivalität schon, wenn das zweite Kind geboren wird. Du als Erstgeborene musst die Aufmerksamkeit Deiner Eltern dann teilen und gerade am Anfang braucht das Neugeborene besonders viel Aufmerksamkeit. Oft ergibt sich bei den jüngeren Geschwistern Neid, weil die Älteren schon mehr dürfen als sie selbst. Sie dürfen länger aufbleiben oder schon bei Freunden übernachten. Sie haben das Gefühl, ungerecht behandelt zu werden. Wie groß Euer Konkurrenzverhalten ist, hängt davon ab, wie groß Euer Altersunterschied ist. Umso größer der Altersunterschied ist, desto weniger Rivalität gibt es.

Mittelkinder

Für sie ist es besonders schwer. Sie nehmen mal die Rolle des Älteren ein und dann wieder die des Jüngeren. So kämpft das Mittelkind mit den Problemen beider Geschwister. Häufig fühlen die Mittelkinder sich im Nachteil, da sie am wenigsten glauben, die gesamte Aufmerksamkeit zu bekommen. Vor der Geburt des jüngeren Geschwisterchens bekam das erste Kind die ganze Aufmerksamkeit. Zieht das älteste Kind aus, bekommt dann das Jüngere das komplette Interesse. Das „Sandwichkind", wie Mittelkinder auch genannt werden, hat es nicht leicht. Sie müssen sich die Aufmerksamkeit der Eltern immer teilen.

Kein Vergleich der Kinder

Das eine Kind sollte nicht mit den Vorzügen des anderen verglichen werden. So wird der Konkurrenzkampf nur noch mehr gefördert. Geschwister vergleichen sich miteinander, auch ohne dass die Eltern es noch tun. Insbesondere bei Dingen, die die Geschwister schon besser können, vergleichen sie sich miteinander.

Zeit mit jedem Kind alleine

Eltern sollten mit jedem Kind Zeit alleine verbringen, ansonsten könnten die Geschwister glauben, sie erhalten zu wenig Aufmerksamkeit. Hat jedes Kind seine Eltern mal für sich alleine, entsteht dieses Gefühl nicht. Jedes Kind hat so seine eigenen Erinnerungen mit den Eltern, die nur das Kind und die Eltern haben.

Liebe und Hass

Eines vereint Dich mit Deinen Geschwistern. Eure Beziehung hält ein Leben lang. Euer Band ist unauflösbar. Die Gefühle bewegen sich zwischen Liebe und Hass, mit einigen Abstufungen dazwischen. Mal dominiert das Eine, mal das Andere. Das hängt auch vom Alter und von der Lebenssituation ab. Über einen langen Zeitraum, so ist es normalerweise, lebt ihr eng zusammen. Ihr habt eine Schicksalsgemeinschaft. Ihr konntet Euch nicht aussuchen, wen Ihr als

Geschwister haben werdet, wie Ihr es bei Euren Freunden oder einem Partner machen könnt. Das heißt, Ihr müsst Euch irgendwie miteinander arrangieren und das jeden Tag aufs Neue. Ihr fühlt Euch ineinander hinein, teilt Dinge miteinander, seid loyal und solidarisch zueinander. Ihr reibt Euch aneinander, streitet miteinander und schaut Euch Verhaltensweisen voneinander ab. Im Gefüge der Familie steht ihr, was die Hierarchie betrifft, auf der gleichen Stufe. Eure Position bei Euren Eltern ist gleich. Versteht Ihr Euch untereinander nicht besonders, müsst Ihr Euch dennoch beide gegen Eure Eltern behaupten. Dann haltet Ihr zusammen und seid eine geschlossene Einheit.

Wie viel Streit unter Geschwistern ist normal?

Es ist ganz normal, dass es in Familien mal kracht. Sei es, wenn Du Einzelkind bist oder Du noch Geschwister hast. Verschiedene Erfahrungen, Stimmungen und Interessen prallen aufeinander. Ihr müsst diese Konflikte miteinander austragen. Nur so lernt Ihr, Euch abzugrenzen und nur so erhaltet Ihr ein gesundes Selbstbewusstsein. Streit ist wichtig, auch mit dem Risiko, dass das Familienleben gestört wird, Eure Eltern genervt sind und es zu Verstimmungen kommt. Damit der Streit geschlichtet werden kann, ist das Eingreifen zum richtigen Zeitpunkt wichtig. Wird beim Streit zu früh eingegriffen, habt Ihr keine Chance, Euren Streit selber auszufechten. Erfolgt der Eingriff zu spät, hat man vermutlich den Moment verpasst, eine gütliche Lösung zu finden. Wurden alle Anschuldigungen und Vorwürfe ausgesprochen, ist dies der richtige Zeitpunkt, um einzugreifen. Das mal Harmonie herrscht und Du Dich mal mit den Geschwistern streitest, ist absolut normal. Es ist ein Zeichen dafür, dass Eure Beziehung gut funktioniert. Ihr helft Euch so gegenseitig, jedem eine eigene Stimme zu geben.

Zu den ersten Streitigkeiten gehört der Streit um Spielzeug oder einfach um den Gegenstand, den das Geschwisterchen gerade hat. Der Streitpunkt bleibt der Gleiche, es ändern sich lediglich die Gegenstände. Waren es früher die Puppen und die Rennautos, wird es irgendwann der Kampf um das Handy. Jedes Kind will sicherstellen, dass es auch nicht zu kurz kommt. Es handelt sich um einen ganz natürlichen Wunsch, dass jedes Kind etwas eigenes haben möchte, um es dann benutzen zu können, wenn es Lust daran hat. Das Territorialverhalten ist ebenfalls ein Streitthema. Dabei ist es egal, ob Ihr Euch das Zimmer teilt oder ob jeder von Euch ein eigenes hat. Jeder will seinen Rückzugsort für sich und möchte auch alleine darüber entscheiden. Wichtig ist, dass Ihr auf Augenhöhe miteinander kommuniziert. Streit aus dem Weg zu gehen bringt gar nichts. Streitet Ihr nur noch oder seid gegeneinander gewalttätig, hat das mit normalem Streiten nichts mehr zu tun, dann gibt es ein Problem. Deine Geschwister sind die Personen, mit denen Du als Erstes eine Beziehung auf Augenhöhe hast.

Befreiendes Wissen

Streit und Konflikte gehören zum Leben dazu. Wichtig ist, wie sie gelöst werden und dass sie in der Form gelöst werden, dass alle Beteiligten dabei ein möglichst gutes Gefühl haben. Ihr macht so auch für Euer Leben wichtige Erfahrungen. Du hast ein Recht darauf, ärgerlich und wütend zu sein. Du musst Dir auch mal Luft machen können. Klären lässt sich ein Streit erst, wenn sich Eure Gefühle abgekühlt haben. Kleine Kinder sind dazu noch nicht in der Lage. Sind sie wütend, stampfen sie mit den Füßen auf den Boden, toben und weinen. Für Kinder, deren Eltern ihre Gefühle verstehen, ist es leichter. Einem kleinen trotzigen Kind können Mama oder Papa sagen, dass sie merken, dass das Kind gerade wütend ist. Das Kind fühlt sich verstanden und kann schon früh seine eigenen Bedürfnisse und Gefühle kennenlernen.

10 jährige Mädchen entwickeln neue Interessen

Auf der einen Seite möchtest Du immer noch mit Deinen Puppen und Bauklötzen spielen und zum anderen bist Du auf der Suche nach Veränderung. Du entwickelst Deinen eigenen Geschmack, möchtest Dein Zimmer neu einrichten und bist auf der Suche nach neuen Klamotten. Zum einen orientierst Du Dich noch an Deinen Eltern und zum anderen haben die Meinungen Deiner Freunde eine große Bedeutung für Dich.

Dein körperliches Bewusstsein ist in dem Alter sehr gut. Du probierst viel Neues aus, wie Fahrrad oder Skateboard fahren, tanzen, schwimmen, Fußball spielen und vieles mehr. Das alles macht nicht nur Spaß, sondern Du misst Dich auch gleichzeitig mit anderen. Du kannst so herausfinden, wie gut Du bist und wo Deine Stärken liegen. Du hast eine bessere räumliche und zeitliche Koordination und kannst diese besser auf andere abstimmen. Deine Hand-Augen-Koordination hat sich weiterentwickelt. Es kommt zu einer Verbesserung der Präzision, der Balance und der Flexibilität. Deine Feinmotorik ist so weit entwickelt, dass Du hervorragend mit unterschiedlichen Werkzeugen umgehen kannst. Die Arbeit mit Nadel und Faden gestaltet sich leichter. Du möchtest vielleicht auch ein neues Instrument lernen.

Wie verhalten sich 10 jährige Mädchen?

Die Zeit der Veränderung wird Vorpubertät genannt. Du beginnst, Deine Grenzen auszutesten und entwickelst Dich vom Kind zu einem Teenager. Es kommt zu einer körperlichen und auch geistigen Veränderung. Die Hormone beginnen ebenfalls verrückt zu spielen. Die Vorpubertät trifft Mädchen im Allgemeinen eher. Jungs spüren einen höheren Bewegungsdrang. Bei Mädchen zeigt sich die Vorpubertät mit Lustlosigkeit und Stimmungsschwankungen. Du beginnst damit, Deine Grenzen auszutesten. Zum einen sehnst Du Dich noch nach der Nähe Deiner Eltern und zum anderen werden die Momente mehr, in denen Du Deine Eltern ablehnst und Dich abgrenzt. Im Gegensatz zu Jungs, welche eine unbändige Energie in sich tragen und denen am Tag darauf jede Bewegung schwer fällt, leidest Du als Mädchen unter Stimmungsschwankungen. Gerade wolltest Du Dich noch mit Deiner Freundin treffen und im nächsten Moment willst Du nur noch alleine in Deinem Zimmer sein. Du bist in einem Alter, in dem Du erkennst, dass jeder Mensch eine eigene Seele hat. Nun kannst Du Deinen

Gegenüber besser verstehen und Dich besser in die Gefühlslage der anderen versetzen. Du kannst dann auch mal Deine Mama trösten oder Dich mit Deiner besten Freundin so richtig freuen. Bist Du mit anderen zusammen, beginnst Du damit, Regeln zu verstehen und diese einzuhalten. Du lernst auch mal mit anderen zu verhandeln. Du bist in der Lage, Dich selber zu bewerten und merkst, wie Du auf andere wirkst. Dein Ich-Bewusstsein entwickelt sich weiter. Sehr stark ist Dein Empfinden für Gerechtigkeit ausgeprägt und zur Verteidigung wendest Du auch mal weniger freundliche Maßnahmen an. Langsam erkennst Du, dass eine Klärung mit Worten besser ist. Auf einmal sind Modetrends sehr wichtig, Jungs und natürlich Make-up. Es gibt eine Menge, was Du mit Deinen Eltern machen kannst, oder auch ohne sie. Mädchen arbeiten gerne kreativ. Großen Spaß macht es ihnen beispielsweise Armbänder zu knüpfen oder zu malen. Die Freizeit sollte ein Ausgleich zum Alltag sein. Bewährt haben sich Dinge, die Spaß machen und Entspannung bringen. In dem Alter bist Du neugierig auf vieles und probierst immer wieder etwas Neues aus.

Ideale

Du beginnst zu unterscheiden, wie Du auftrittst und wie Du auf andere wirkst. Das Verhalten und das Aussehen werden wichtiger für Dich. Du merkst, dass das Verhalten anderer Menschen nicht immer mit Deinen Gedanken übereinstimmen muss. Du hast für Dich Dinge entschieden und lässt Dich nur schwer davon überzeugen, dass Du nicht im Recht bist. Du hast Ideale, die Du verkörperst und denen Du folgen möchtest. Es kann manchmal schwer sein, diesen zu folgen, doch das ist jetzt Dein Ich und Du bist davon überzeugt, dass das, was Du machst, richtig ist.

Was kann man mit einem 10 jährigen Mädchen unternehmen?

Du bist in einem Alter, in dem Dich vieles begeistert. Bei schönem Wetter hältst Du Dich draußen auf. Du kannst mit dem Fahrrad fahren, eine schöne Radtour machen. Jungs, die in dem Alter sind, sind gerne auf dem Sportplatz unterwegs. Maislabyrinthe gibt es mittlerweile sehr viele sowie Spielparks. Eine tolle Gelegenheit, beides einmal auszuprobieren. Es ist wichtig, dass Du Dich austoben kannst. Sehr wichtig ist Bewegung. Ein Picknick bietet sich ebenfalls an. Gemeinsam mit Freunden auf der Decke im Gras sitzen und die Seele baumeln lassen. Dazu leichtes Fingerfood und leckere Getränke. Ein paar Sportgeräte kannst Du auch mitnehmen, wie beispielsweise eine Frisbeescheibe oder Federballschläger. Ob es nun Sommer oder Winter ist: Schwimmen geht immer. Sei es im Hallenbad oder im Freibad. Bei weniger schönem Wetter gibt es auch viele Möglichkeiten, drinnen etwas zu unternehmen. Du kannst doch mal mit Deinen Eltern einen Spielnachmittag machen. Ein gemeinsamer Fernsehabend trägt ebenfalls zu einer guten Bindung bei. Es ist doch herrlich, gerade, wenn es draußen regnet und stürmt, es sich vor dem Fernseher mit Snacks und Getränken gemütlich zu machen und unter die Decke zu kuscheln. In den großen Städten gibt es Indoorspielparks, die nicht unbedingt teuer sein müssen. So kannst Du ebenfalls mit Deinen Eltern und Freunden Zeit verbringen, auch bei schlechtem Wetter.

Ist man mit 10 Jahren ein Jugendlicher?

Minderjährig bist Du, bis Du das 18. Lebensjahr erreicht hast. Die Jugendzeit beginnt ab Deinem 14. Lebensjahr. Dazwischen bist Du ein Jugendlicher. Im Alter von 10 bis 13 Jahren bist Du in der Pubertät. Mit 10 Jahren beginnt die Frühpubertät. Du giltst als Jugendlicher, wenn Du Dich vom Alter her zwischen der Kindheit und dem Erwachsensein befindest. Grob gesagt bezieht sich das auf das Alter zwischen 13 und 21 Jahren. Vom Recht her giltst Du im Alter von 14 bis 18 Jahren als Jugendlicher.

Wie lange dürfen Mama und Papa Dich alleine lassen?

Irgendwann bist Du in einem Altern, in dem Deine Eltern Dich auch mal einige Zeit alleine lassen können. Laut Gesetzgeber gibt es keine einheitliche Regelung. Die Fürsorge und Aufsichtspflicht bezieht sich darauf, dass Du nicht zu Schaden kommst durch Dein eigenes Verhalten oder durch das von anderen Menschen. Du hast aber auch ein Recht darauf, Dich selbstständig entwickeln zu können. Bis zu Deinem dritten Lebensjahr sollten Deine Eltern Dich nicht alleine lassen. Das heißt aber nicht, dass Deine Eltern dafür dauerhaft in der Wohnung anwesend sein müssen. Es muss nur eine Aufsichtsperson in Hörweite sein. Bist Du im Vorschulalter, das heißt vier Jahre alt, ist es in Ordnung, wenn Deine Eltern Dich mal für 10 bis 20 Minuten alleine lassen. Im Alter von fünf bis sechs sollte aber zwischen 15 und 30 Minuten immer eine Kontrolle stattfinden. Gehst Du in die Grundschule, bist Du in der Lage, mal zwei Stunden alleine zu bleiben. Es ist nicht mehr nötig, Dich in kurzen Abständen immer wieder zu kontrollieren. Deine Eltern sollten dennoch wissen, wo Du Dich gerade aufhältst und was Du gerade machst. Hast Du das zehnte Lebensjahr erreicht, kannst Du auch länger als zwei Stunden alleine bleiben.

Alleine bleiben lässt sich trainieren. Am Anfang solltest Du nur für wenige Minuten alleine gelassen werden. Die Dauer kann nach und nach gesteigert werden. Damit Du abschätzen kannst, wie lange Du alleine bist, ist es wichtig, dass Du die Uhr lesen kannst. Auch Dein Verhalten in gewissen Situationen kann trainiert werden. Machst Du zum Beispiel, sobald es klingelt, die Tür auf oder schaust Du erst durch den Türspion, wer vor der Tür steht oder nutzt dafür sogar die Sprechanlage? In der Regel kommt es nicht ausschließlich auf Dein Alter an, ob und wie lange man Dich alleine lassen kann, sondern eher darauf, wie vertrauenswürdig Du bist. Weißt Du, wie Du Dich im Notfall verhalten musst? Können Deine Eltern Dir vertrauen und wissen sie, dass Du in ihrer Abwesenheit keinen Blödsinn machst?

Viele Faktoren tragen dazu bei, wie lange Dich Deine Eltern ohne Aufsicht alleine lassen können.

Entwicklung und Reife

Die Entscheidung, Dich alleine zu lassen, sollten Deine Eltern nicht nur am Alter messen. Wichtig ist auch Deine individuelle Reife sowie Dein persönlicher Entwicklungsstand. Deine Eltern kennen Dich schließlich am besten und können am besten beurteilen, was sie Dir zutrauen können und was noch nicht.

Ältere Geschwister als Babysitter

Für die kleinen Geschwister kann es eine Hilfe sein, wenn sie nicht ganz alleine sind. Jemanden zum Spielen oder Reden zu haben tut gut. Dann geht die Zeit, bis die Eltern wieder da sind, auch schneller um. Die Entscheidung, dem älteren Kind die Betreuung zu überlassen, sollte nicht leichtfertig getroffen werden. Zudem sollte bedacht werden, dass die Kinder sich auch gegenseitig anstacheln können und womöglich Unsinn treiben. Damit es nicht dazu kommt, sollten Geschwister, die fast dasselbe Alter haben, nicht gegenseitig auf sich aufpassen müssen.

Vorsichtsmaßnahmen

Bleibst Du das erste Mal alleine, gilt es einige Vorsichtsmaßnahmen zu treffen. Chemikalien, Feuerzeuge, Streichhölzer sowie andere Gefahrenquellen sollten in einer Höhe platziert werden, an die Du nicht ran kommst. Die Fenster sollten zu sein, jedoch nicht abgeschlossen, sodass Du im Notfall die Wohnung verlassen kannst. Du darfst nicht überfordert werden, was das Alleine sein betrifft. Wichtig sind genaue Absprachen. Du solltest immer wissen, wo Deine Eltern gerade sind und sie im Notfall erreichen können. So kann es nicht zu Panikattacken kommen.

Pubertät und Schule. Ein großes Thema

Die Pubertät ist wirklich ein großes Thema. Nicht nur, dass Du wie ein Streuselkuchen aussehen kannst, sondern Du findest zudem auch einige Dinge extrem blöde. Jungs nerven, Lehrer sind total out und Du keinesfalls cool und das, was Du in der Schule lernst, ist soooooo langweilig, dass Du Dir sicher bist, dass Du das niemals brauchen wirst. So oder so ähnlich denken Mädchen in Deinem Alter. Pickel gehen so gar nicht, denn jeden Pickel, den Du plötzlich findest, könnte Dein gutes Image in der Schule kaputt machen. Du brauchst Make-up, willst Dich vielleicht verstecken, denn der Junge, den Du toll findest, soll Dich so nicht sehen. Es ist jedoch Quatsch, denn auch Jungs kommen in die Pubertät und haben Pickel, vielleicht einfach nur zu einem anderen Zeitpunkt.

Während der Pubertät nervt Dich auch viel an der Schule. Du wirst Tage oder sogar Wochen haben, an denen Du morgens schlecht aus dem

Bett kommen wirst und abends nicht hinein. Klingelt der Wecker und Du weißt, dass Du jetzt in die Schule musst, dann ist der Tag für Dich bereits gelaufen. Das alles ist ganz normal und eigentlich macht jeder diese Zeit durch. Es wird Dich jedoch sicherlich erfreuen, dass diese Zeit, die Zeit der Pubertät, irgendwann ein Ende haben wird. Du wirst wieder gerne in die Schule gehen oder Du findest Dinge, die Dir gerade an der Schule besonders gut gefallen und Du aus diesen Gründen gerne hingehst.

Warum soll ich noch in die Schule, lesen und schreiben kann ich

Es gibt in Deutschland eine Schulpflicht von 10 Jahren. In manch anderen Ländern gibt es diese nicht. Eine Bildungspflicht gibt es in vielen Ländern. Gelernt werden muss etwas, doch das Lernen muss nicht unbedingt in der Schule stattfinden. In anderen Ländern wird manchmal auch zu Hause gelernt. Es gibt Hauslehrer, kleine Lerngruppen oder die Eltern lernen mit den Kindern. Diese werde auch „Homeschooler" oder „Freilerner" genannt. Nicht alles, was Du in der Schule lernst, brauchst Du später im Leben. Jeder Schüler muss eine gute Allgemeinbildung vorweisen können. Selbst, wenn Du nicht alles, was Du einmal in der Schule gelernt hast, später brauchst, kannst Du, wenn das Thema einmal aufkommt, mitreden.

Grob gesagt bereitet die Schule Dich auf das Leben vor. Da nicht klar ist, was Du später von dem, was Du in der Schule gelernt hast, brauchst, ist es wichtig, eine gewisse Bandbreite zu lernen. Was Du für Dein späteres Leben brauchst, lernst Du nicht unbedingt alles in der Schule. Die Schule vermittelt Dir ein Grundwissen. Es wird ein Grundstein gelegt. Später kannst Du dann auf dem Wissen aufbauen und es fällt Dir leichter zu lernen, denn Du hast bereits ein gewisses Grundverständnis für ein bestimmtes Thema entwickeln können.

Schule macht keinen Spaß. Was kann ich machen?

Der Tag der Einschulung ist ein Highlight im Leben eines jeden Kindes. Die Freude darauf ist groß. Im Laufe der Zeit ändert sich das und die Schule ist doof und macht keinen Spaß mehr. Studien haben gezeigt, dass, gerade in der Pubertät, die Schule als ätzend empfunden wird. Der Körper verbraucht im Schlaf viel Energie. Wenig Schlaf bedeutet weniger Leistung. Acht Stunden Schlaf sind wichtig. Nicht immer klappt das, wenn, nachdem die Schule am späten Nachmittag vorbei ist, noch Hobbys auf dem Programm stehen, aber auch die Hausaufgaben noch erledigt werden müssen. In der aufmüpfigen Phase der Pubertät fehlt oftmals zudem das Verständnis, warum Textanalysen oder Kurvendiskussionen Sinn machen. Dass Du mal keinen Bock auf die Schule hast, ist ganz normal. Zur Schule gehört auch Versagensangst, dass Du Dich nicht mit dem Lernstoff identifizieren kannst, und auch unbeliebte Lehrer.

Gerade, wenn Du in der Pubertät bist, ist alles interessanter als die Schule. Umso älter der Schüler ist, desto weniger Spaß hat er an der Schule. Der Druck erhöht sich mit jeder höheren Klasse. Dazu trägt auch der Lehrplan bei. Die Schüler werden weniger gefördert. Die Ausgangssituation ist nicht mehr so wichtig. Ebenso das Leistungsvermögen und wie weit jeder Schüler entwickelt ist. Schüler lernen daraus, dass es sich nicht mehr lohnt sich anzustrengen. Es sind unter anderem die äußeren Faktoren, weshalb Schule keinen Spaß macht. Klar macht schwimmen gehen mehr Spaß als Hausaufgaben zu machen und zu lernen. Feste Rituale können Dir helfen, Dich für die Schule zu motivieren. Mache mit Deinen Eltern eine verlässliche Arbeitszeit aus. Dein Arbeitsplatz sollte so angelegt sein, dass Du nicht abgelenkt werden kannst und eine angenehme Atmosphäre hast. Du musst erkennen, dass Du nur Erfolg haben kannst, wenn Du Dich dafür auch persönlich einsetzt. Ein Fußballspieler oder eine Tänzerin haben auch ihre bestimmten Trainingszeiten.

Das Lernen lernen

Gerade, wenn Du in der Pubertät bist, reicht es nicht mehr aus, Dinge nur auswendig zu lernen. Dein Gehirn braucht neue Impulse. Versuche doch einfach mal anders zu lernen. Die Geschichtslektüre wird zu einem Quiz, welches die Familienmitglieder beim Abendessen lösen müssen. Du kannst das, was Du gelernt hast, auch als „Mindmap" aufzeichnen. Spickzettel schreiben ist eine weitere gute Hilfe, die Dir das Lernen erleichtert. Natürlich sind diese nur für zu Hause und haben in der Schule nichts zu suchen. Bei einem Spickzettel fasst Du die Fakten komprimiert zusammen und so kannst Du sie dir besser einprägen.

Erfolgserlebnisse

Gerade in den Zeiten, in denen die Schule bei Dir nicht so läuft, verlierst Du schneller die Lust und kannst Dich schlechter aufraffen. Deine Eltern sollten deswegen aber nicht Deine freie Zeit einschränken. Es ist wichtig, dass Du Dinge tust, die mit der Schule nichts zu tun haben. Du kannst Dich durch Hobbys selber beweisen. Zudem hast Du Erfolgserlebnisse, die Du sammeln kannst und bekommst Anerkennung. Für Dein Selbstwertgefühl ist das sehr wichtig. Schlechte Noten und Schulprobleme wirken sich negativ auf Dein Selbstwertgefühl aus. Wichtig ist aber, dass die freie Zeit nach den Hausaufgaben beginnt.

Motivation statt Frustration

Deine Eltern sollten Dich auch immer mal wieder loben und sei es, weil Du gerade an diesem Tag mal keine schlechte Laune hast. Lob für Kleinigkeiten, wie dem Ausräumen der Spülmaschine, den Müll, den Du zur Mülltonne gebracht hast oder die Matheaufgabe, die Du zumindest versucht hast zu lösen. Du musst für das Richtige sensibilisiert werden und es ist wichtig, dass Dir nicht dauernd Deine Fehler vorgehalten werden. Alleine schon ein Lob für das Bemühen zu bekommen, führt meistens schon zu einem Motivationsschub.

Gemeinsame Zeit mit der Familie

Nehmen Deine Leistungen in der Schule ab und Du hast einfach keine Lust mehr auf Schule, hat das auch Auswirkungen auf den Frieden in der Familie. Jetzt ist es noch wichtiger, als Familie gemeinsam Zeit miteinander zu verbringen. Sei es ein Ausflug, ein Spieleabend oder gemeinsam zu kochen oder Sport zu treiben. Es reicht schon aus einmal am Tag gemeinsam zu essen und die Erlebnisse des Tages mit dem Rest der Familie zu teilen. Wichtig ist das Gespräch während der Zeit, und zwar nicht alleine über die Schule.

Medienkonsum einschränken

Die digitalen Medien sind nicht mehr wegzudenken. Handy, Computer, Fernseher und Co. Das kann lähmend auf Dich wirken. Viele Stunden werden vor den Geräten verbracht und das echte Leben kommt oftmals viel zu kurz. Schließe gemeinsam mit Deinen Eltern einen Vertrag ab, zu welcher Zeit Du diese Geräte nutzen darfst und achte auch darauf, an die frische Luft zu gehen. So kommen Deine Durchblutung und Dein Stoffwechsel wieder in Schwung. Ausreichend Schlaf ist genauso wichtig. Bist Du nicht motiviert und auch noch müde, ist das keine gute Kombination.

Lehrer sind uncool und gönnen mir keine Ruhe

Es fällt Dir vielleicht schwer dies nachzuvollziehen, aber auch Lehrer sind nur Menschen. Auch sie haben Stärken und Schwächen, genauso wie andere Menschen auch. Sie sind auf Dein Wohlwollen angewiesen und das Deiner Eltern. Manche Lehrer möchten ihre Schwächen oder Ängste nicht zeigen, da sie glauben, sie würden dann ihre Autorität verlieren, doch das ist nicht der Fall. Ein Lehrer, der auch seine Schwächen preis gibt, erhält oftmals von den Eltern sowie den Schülern Sympathie und Verständnis. Für die Lehrer ist das, was sie tun, ihr Beruf. Auch sie möchten einen Arbeitsplatz ohne viel Stress und geregelte Arbeitszeiten. Alle Kinder sollen gleich behandelt werden. Es darf kein Kind bevorzugt und auch keines vernachlässigt werden. Du merkst bestimmt, dass Du manche Menschen lieber magst als andere. Gibt ein Lehrer schlechte Noten, ruft einen Schüler nie auf, dann ist der Lehrer schnell uncool.

Der Lernerfolg/Durchführung des Unterrichts

Du bist einen großen Teil Deiner Zeit mit Dingen beschäftigt, die mit der Schule zu tun haben, aber das ist normal, denn Deine Eltern halten sich in der Regel auch die meiste Zeit auf der Arbeit auf. So ist es einfach, denn jeder hat seine eigenen Arbeiten und Aufgaben, die er erfüllen muss. Da ist es durchaus verständlich, dass Du auch mal genervt bist. Lernst Du dann bei dem Lehrer auch nichts Sinnvolles, hast Du das Gefühl, Dir wird Deine Zeit geraubt. Manche Lehrer stellen sich vor der Klasse hin und die Schüler mögen ihn. Andere finden sie total unsympathisch. Zu den Kriterien der Schüler gehört unter anderem auch der Humor. Lehrer mit Humor sind demnach beliebter. Schüler schauen auch auf das Aussehen und die Kleidung, die der Lehrer trägt. Gerade in der Pubertät ist, besonders bei den Mädchen, das Thema Mode das Thema schlechthin. Lehrer müssen sich durchsetzen können. Klappt dies nicht, können auch mal die Fetzen fliegen. Menschen haben unterschiedliche Ansichten. Hat der Lehrer eine andere Ansicht als die Schüler, kommt er in die Kategorie „uncool". Es gibt Lehrer, die sehr autoritär sind und Lehrer, die an alles etwas lockerer herangehen. Diese wirken auf Schüler sympathischer.

Struktur und Ordnung

Geht es darum, Deine Hausaufgaben zu erledigen oder für eine Arbeit zu lernen, ist die richtige Planung wichtig. Setze Dir feste Zeiten dafür, dann erledigst Du Dein Pensum schneller. Du bist zudem nicht so gestresst, da Du nicht die ganze Zeit über siehst, was Du noch alles vor Dir hast. Was Du siehst, ist nur die Etappe, die Du gerade meistern musst.

Umgebung ordnen

Schaue Dir einmal Dein Zimmer an. Ist dort das Chaos ausgebrochen, dann ist auch in Deinem Kopf Chaos. Nutze ein paar Minuten Deiner Zeit und räume Dein Zimmer auf. Du wirst merken, wie Du innerlich ruhiger wirst. Die Unordnung, die in Deiner Umgebung herrscht, verursacht bei Dir unterbewusst Stress. Du sparst zudem Zeit, da Du genau weißt, wo Deine Schulsachen liegen.

Woher kommt der Stress?

Denke darüber nach, ob nur die Schule Dir Stress bereitet oder ob es noch etwas Anderes in Deinem Leben gibt. Hast Du vielleicht Streit mit Deiner Freundin oder Deinen Eltern? Gehe in Dich und frage Dich, was die Auslöser für den Stress sind. Im nächsten Schritt räumst Du die Ursachen aus dem Weg. Schaust Du einmal genauer hin, sind manche Probleme gar nicht so schlimm, wie Du sie empfindest. Schreibe auf, was Dich belastet. Dann beschäftigt Dein Kopf sich nicht ständig damit.

Ausgleich schaffen

Ununterbrochen lernen kann niemand. Du musst zwischendurch auch mal abschalten. So tankst Du neue Kraft für die nächste Runde. Du brauchst einen Ausgleich zur Schule. Sehr gut ist regelmäßiger Sport. Du kannst auch nur einen Spaziergang machen, wenn Sport nicht Dein Ding ist. Entspannungsübungen sind ebenfalls gut geeignet, um einfach mal an etwas Anderes zu denken und den Kopf wieder frei zu bekommen.

Zeit für kreative Hobbys

Du bist gerne kreativ? Dann gibt es viele Möglichkeiten, Dich zu entfalten. Wichtig ist, dass Du Dir dafür Zeit nimmst. Du brauchst etwas neben der Schule, das Dich auf andere Gedanken bringt und Deine Kreativität weckt.

Genug Schlaf

Hast Du zu wenig Schlaf, reagierst Du schnell gereizt und hast oft schlechte Laune. Schläfst Du zu wenig, kann das zu Stress führen oder der Stress wird noch verstärkt. In Schulphasen, die besonders anstrengend sind, musst Du besonders darauf achten, dass Du ausreichend schläfst. Für Deinen Körper ist die Ruhe sehr wichtig, damit er Kraft für den Alltag tanken kann.

Über Sorgen reden

Hast Du über mehrere Wochen Stress und er nimmt nicht ab, dann hole Dir Hilfe. Du kannst Deine Eltern um Rat fragen oder auch mit Deinem Vertrauenslehrer sprechen. Gibt es an deiner Schule einen Psychologen, hast Du die Möglichkeit, mit ihm gemeinsam eine Lösung zu finden. Es ist in einem solchen Moment ausgesprochen wichtig, dass Du nicht alles in Dich hineinfrisst. Andere haben natürlich auch Probleme, mal mehr, mal weniger, vielleicht kannst Du Dich mit einer solchen Person zusammenschließen. Gemeinsam seid ihr in jedem Fall stärker und Probleme sind vielleicht nicht mehr ganz so schlimm. Vielleicht könnt Ihr gemeinsam auch einfach über das ein oder andere Problem lachen, weil Ihr merkt, dass es doch gar nicht so schlimm ist, wie zuvor gedacht.

Meine Mitschüler sind extrem anstrengend

Es gibt Mitschüler, die eine große Klappe haben und andere sind eher schüchtern. Wieder andere sind total cool und andere sehr eingebildet. Es gibt verschiedene Arten von anstrengenden Mitschülern. Du musst nicht jeden mögen, aber denke immer daran, dass sicherlich auch nicht jeder Dich mögen wird. Das ist aber auch ganz normal und sollte Dich nicht belasten. Suche Dir in Deiner Klasse die Menschen, die Dir guttun, die Dich verstehen und mit denen Du lachen und Spaß haben kannst. Es wird sicherlich welche geben und selbst, wenn es sich hierbei lediglich nur um eine Person handelt. Manche Menschen haben viele Freunde, aber keinen wirklich besten Freund, das braucht man doch gar nicht. Hier ist ein einziger Freund immer noch besser, als viele, die im Fall der Fälle gar nicht hinter Dir stehen.

Der Klassenclown

Der Klassenclown ist der, der immer dumme Sprüche macht. Das, was er zum Unterricht beiträgt, findet er witzig. Manche Mitschüler können auch darüber lachen, andere sind einfach nur durch ihn genervt. Am besten ist es, einfach so zu tun, als wäre der Klassenclown Luft. Gib ihm nicht das, was er sucht. Er möchte Aufmerksamkeit. Er will im Mittelpunkt stehen. Es kann sein, dass er so nur von den Schwächen, die er hat, ablenken möchte. Einen Klassenclown gibt es in jeder Klasse, das ist ganz normal. Sicherlich kannst Du mal mit ihm lachen, aber Du solltest Dich ihm nicht anschließen, denn dann wirst Du auch als Klassenclown abgestempelt. Solche Personen kommen bei den Lehrern gar nicht so gut an und bei zahlreichen Mitschülern ebenfalls nicht.

Die Zicke

Es gibt fast keine Jungs-Zicken. Bei Mädchen kommen diese nervigen Mitschüler häufiger vor. Oft tauchen sie als Gruppe auf. Das kann ganz schön anstrengend sein. Zicken sind eingebildet und äußerst empfindlich, wenn es sich um sie selbst dreht. Eine solche meckert dauernd und auch gerne. Sie zieht über andere Mitschüler her und nimmt auch kein Blatt vor den Mund. Nimm das Gezicke einfach nicht ernst. Lasse es Dir aber auch nicht gefallen. Merkt eine solche Person, dass sie bei Dir mit ihrem Gezicke nicht ankommt, dann wird sie es irgendwann unterlassen, denn es macht ihr keinen Spaß mehr. Sie wird sich ein anderes „Opfer" suchen. Es kann natürlich sein, dass sie Dich total links liegen lässt, aber mal ganz ehrlich, was Besseres kann Dir in einem solchen Fall doch gar nicht passieren. Möchtest Du mit einer solchen Mitschülerin wirklich befreundet sein?

Der Außenseiter

Die Schüchternen unter den Mitschülern sind oftmals die Außenseiter. Sie gibt es in vielen Klassen. Es reicht meist schon, wenn man einfach nur anders ist. Die Mitschüler finden eine solche Person eher komisch.

So geraten diese Schüler schnell auf die Außenseite und sind raus aus der Gemeinschaft. Sie verbringen die Pausen meist alleine. Hat er Glück, wird er von den anderen in Ruhe gelassen. Es gibt aber auch die, die ihn nicht in Ruhe lassen und sich sogar noch über ihn lustig machen. Meistens kann sich dieser Schüler gegen die Anfeindungen nicht wehren. Derjenige, der sich dennoch mit ihm beschäftigt, ist der Coole. Er hilft ihm und unterstützt ihn dabei, sich mehr zuzutrauen. Es ist jedoch nicht schlimm, wenn jemand ein Außenseiter ist, denn auch diese Personen haben tolle Eigenschaften, die die Anderen einfach nur nicht erkennen. Man sollte sich und seine Persönlichkeit jedoch keinesfalls verändern, nur weil andere Menschen sich dies wünschen.

Der Streber

Der Streber braucht keine Hilfe von anderen. Alles weiß er besser und das zeigt er den Anderen in der Klasse auch. Es kommt immer darauf an, wie extrem der Streber den Anderen zeigt, dass er angeblich mehr weiß als sie. Sollte er es übertreiben, dann hat er nichts zu lachen in der Klasse. Das Wort Streber, kann dann schnell ein echtes Schimpfwort sein. Natürlich gibt es auch die Mitschüler, die den Streber beneiden, dass ihm alles, was mit der Schule zu tun hat, so leicht fällt. Sicher wird er auch von einigen Mitschülern bewundert. Gibt es so jemanden in Deiner Klasse, der extrem angibt mit seinem Wissen, teile ihm das einfach mit. Es kann ja sein, dass ihm selber gar nicht bewusst ist, wie er auf andere wirkt.

Wie schaffe ich es, mich in die Gemeinschaft zu integrieren?

Jeder Mensch hat das Bedürfnis, bei einer Gruppe dazuzugehören. Dieses Gefühl sitzt sehr tief. Jeder sehnt sich nach Gesellschaft, nach liebevollen Beziehungen, nach Kontakten sowohl in der Familie als auch in der Gruppe. Kameradschaft, Freundschaft, Loyalität und Liebe sind Voraussetzungen dafür. Es geht darum, dass einen die Anderen bemerken und beachten und ein Teil der Gemeinschaft zu sein. Dein

Selbstwertgefühl wird gesteigert und Du hast die Gewissheit, dass Du etwas wert bist. Jeder Mensch tut einiges, um das Gefühl zu haben, dazu zu gehören. Immer wieder knüpfst Du soziale Kontakte und investierst in sie, damit diese Kontakte uns am besten ein Leben lang begleiten. Einiges tut man dafür, dass die Schulzeit aufregend und schön ist. Du passt Dich den Gepflogenheiten und dem Verhalten der Anderen an. Manchmal bemerkst Du selbst nicht, dass Du Dich veränderst. Sollte Dir dies jedoch eine andere Person mitteilen, dann denke darüber nach. Eine Veränderung kann positiv, aber auch negativ sein.

Menschliche Nähe

Kommst Du zu einer neuen Gruppe dazu, ist es ganz normal, dass Du Dich erst einmal unsicher fühlst und nervös bist. Du hast noch keine Ahnung, wie es in der Gruppe so abläuft. Du bemühst Dich zu verstehen, was die Regeln in der Gruppe sind und wie sie miteinander umgehen. Es zeigt sich recht schnell, ob Du mit Deinen Bemühungen Erfolg hast oder nicht. Beachte auch die Strukturen, die es in der Gruppe gibt, damit Du aufgenommen wirst und Du musst auch zumindest ein wenig Dein Verhalten nach ihnen richten. Es ist für Dich wichtig, den Kreis zu finden, in dem Du Dich wohlfühlst, ohne dass Du Dich verbiegen musst. Oft findest Du das in der Familie sowie in der Partnerschaft. Du kannst schöne Situationen aber auch mit Freunden vorfinden, in Interessensgruppen oder auch später an Deinem Arbeitsplatz. Es braucht seine Zeit, um Anschluss zu finden. Ihr müsst Euch erst einmal kennenlernen und eine gewisse Wellenlänge zueinander haben.

So gelingt es

Schäme Dich nicht dafür, zu anderen dazugehören zu wollen. Zunächst solltest Du die bereits bestehenden Kontakte weiter pflegen, denn diese vermitteln Dir Sicherheit und Geborgenheit. Überlege Dir, was Du in der Gemeinschaft gefunden hast. Was fehlt Dir jetzt plötzlich? Sind es die Kontakte? Hast Du das Gefühl, zu wenig wahrgenommen zu werden? Werde Dir bewusst, was Du Dir wünschst, wenn Du Dich einer Gruppe anschließen möchtest. Versuche Dich zu den Zeitpunkten einzubringen, die Dir wichtig sind. Eine Beziehung aufzubauen bedeutet, dass Du Dich selbst öffnen musst. Du musst Dich zeigen. Sage den anderen, was Du Dir überlegt hast und was Du Dir wünschst. Bringe Dich in die Gemeinschaft ein und übernimm Aufgaben. Nimm Kontakt zu Menschen auf, die Dir sympathisch sind und lade sie auch mal zu Dir ein. Das erleichtert das Kennenlernen und die Chance, dass später auch Personen auf Dich zukommen, die Du gerade noch gar nicht auf dem Schirm hattest. Habe nicht zu hohe Erwartungen an die Gruppe. Du fühlst Dich nur wohl in der Gemeinschaft, wenn Du zu den Anderen passt. Du darfst nicht aufgeben und nimm immer wieder neu Kontakt zu Menschen auf, die ähnliche Interessen haben wie Du.

Was kann ich gegen Mobbing tun?

Gemobbt werden meist Personen aufgrund von bestimmten Eigenschaften oder Verhaltensweisen, die sie haben. Die Schuld trägt immer der Täter und nicht Du. Es kann jeden treffen. Dabei spielt es keine Rolle, ob andere auf Dich neidisch sind, Du beliebt bist oder Du Dich eher von den anderen zurückziehst. Wirst Du in der Schule gemobbt, bist Du damit nicht alleine. Es gibt noch andere, die auch gemobbt werden. Das hilft Dir erst einmal nicht wirklich weiter, ist aber vielleicht ein wenig Trost, dass es noch andere Menschen gibt, denen es genauso geht wie Dir. Du hast Möglichkeiten dem entgegenzutreten. Sprich mit jemandem darüber, zu dem Du Vertrauen hast. Es ist verständlich, dass es Dir in der Situation nicht gut geht. Deiner Seele wird es guttun, sich jemand anderem zu öffnen. Du wirst Dich dann nicht mehr so alleine fühlen und bekommst Unterstützung. Notiere Dir, wie Du gemobbt wirst und welche Personen Zeuge der Vorfälle waren. Schreibe alles auf. Später wird es so leichter für Dich sein, anderen davon zu erzählen. Diejenigen, die Dich mobben, solltest Du im Internet blockieren. Es ist nicht immer leicht, den Spam Nachrichten und Beleidigungen keine Aufmerksamkeit zu schenken. Damit Du zur

Ruhe kommst und Dich distanzieren kannst, von denen, die Dich mobben, blockiere sie. Speichere verletzende Chatverläufe und Posts via Screenshot und melde sie auf der Plattform. Übe keine Rache aus, denn dann bist Du nicht anders als die Menschen, die Dich mobben. Es ist nicht richtig, dass Du gemobbt wirst, das solltest Du Dir immer wieder sagen. Du bist toll, vielleicht auch etwas anders als die Anderen, aber das ist doch gut so.

Rache an den Menschen zu üben oder ihnen Leid zuzufügen, macht die Sache nicht besser. Du hast andere Möglichkeiten. Umgebe Dich mit netten Menschen. Verbringe Deine Zeit mit Menschen, denen Du wichtig bist und bei denen Du ein gutes Gefühl hast. Ihr könnt Euch wundervolle Erinnerungen schaffen und eine tolle Zeit haben. Grenze Dich von negativen Menschen so gut Du das kannst ab. Wichtig ist, dass Du Dir nicht die Schuld an dem Mobbing gibst. Sei stolz auf Dich, dass Du der Mensch bist, der Du bist. Du bist ein wundervoller Mensch mit besonderen Fähigkeiten, Eigenschaften und Talenten. Male Dir aus, was Du damit alles erreichen kannst. Es kann auch Sinn machen, Dir denjenigen der Dich mobbt, alleine zur Seite zu nehmen und ihn dann damit zu konfrontieren. Außerhalb einer Gruppe fühlt sich der Einzelne nicht so stark wie in der Gruppe. Frage die Person, warum sie Dich mobbt.

Suche Dir Verbündete, die Dir im Kampf gegen das Mobbing beistehen. Es gibt auch eine Notfallnummer, wo Du anrufen kannst und Hilfe findest. Glaube an Dich selbst und sei stolz auf Dich und das, was Du bist. Oftmals ist es so, dass die Menschen, die andere Personen mobben, einfach nur im Mittelpunkt stehen möchten oder dass sie mit ihrer Zeit nichts anzufangen wissen, was eigentlich traurig ist. Du solltest mit solchen Menschen Mitleid haben und ihnen das vielleicht auch sagen, dass sie Dir von tiefstem Herzen leid tun. Über eine solche Aussage werden sie sicherlich geschockt sein, gerade, wenn dies aus Deinem Mund kommt. Die Dich mobbende Person wird sich dies sicherlich nicht anmerken lassen und einen Spruch in Deine Richtung werfen, aber dies ist eine Abwehrhaltung. Dein Mitschüler möchte in diesem Moment von sich ablenken und den Pfeil wieder zurück zu Dir schießen. Lachen Deine anderen Mitschüler dann, so hat er sein Ziel erreicht, aber schau einfach mal in die Runde, nicht alle werden lachen.

Selbstständigkeit fördern

Damit Du selbstständig wirst, bist Du auf die Hilfe Deiner Eltern angewiesen. Schon früh beginnt diese Entwicklung. Du beginnst zu krabbeln, zu laufen und Dein Bewegungsradius vergrößert sich. Nach und nach entdeckst Du immer mehr von der Welt. Zwischen dem 10. und 14. Lebensjahr fängst Du an, wirklich selbstständig zu werden.

Tipps

Damit Du selbstständig wirst, ist es wichtig, dass Deine Eltern Dir den nötigen Freiraum geben. Nur so bist Du in der Lage, Deine eigenen Fähigkeiten wirklich zu entfalten. Die Angst, die Deine Eltern um Dich haben, sollten sie dabei hinten anstellen. Traust Du Dir selber etwas zu, dann sollten sie Dir auch erlauben, das zu machen. Sei es das Klettern auf dem Klettergerüst oder das Schwimmen lernen. Deine Eltern sollten Dich Dinge, die Du kannst, alleine machen lassen, auch wenn Du dafür länger brauchst, wie beispielsweise das Schnürsenkel binden. Ist die Zeit morgens knapp, ist es nicht richtig, Dir die Arbeit abzunehmen. Du musst Deine eigenen Erfahrungen sammeln, wie Dinge funktionieren oder wie etwas abläuft. Dies ist ein wichtiger Schritt, damit Du selbstständig werden kannst. Einen richtigen oder falschen Weg kannst Du dabei nicht einschlagen. Zu den Erfahrungen gehört auch das Scheitern. Du kannst nicht alles direkt beim ersten Mal. Nur Übung macht den Meister, was ein typischer Spruch von Eltern ist, indem jedoch ein Funken Wahrheit steckt. Die negativen Emotionen sind für Dich sehr wichtig. Du wirst an ihnen wachsen. Zudem lernst Du, Probleme zu lösen und erfährst, was Empathie ist. Traust Du Dich etwas Neues zu machen, dann sollte das lobend anerkannt werden. Klappt es nicht beim ersten Mal, ist das überhaupt nicht schlimm.

Du solltest zuerst einmal selber versuchen, für das Problem eine Lösung zu finden. Deine Eltern sollten Dir zu verstehen geben, dass es nicht schlimm ist, wenn Du scheiterst. Erhältst Du die richtige Erklärung, warum Du gescheitert bist, wandelt sich das Scheitern zu einem Erfolgserlebnis um. Entscheidungen treffen gehört zum Leben dazu. Daher ist es wichtig, dass Du das lernst. Ab einem gewissen Alter kannst Du zum Beispiel Deine Kleidung, die Du an dem Tag tragen möchtest, selber aussuchen. Zudem solltest Du in Entscheidungen, die Deine Eltern treffen, mit einbezogen werden, beispielsweise wer alles mit Dir Deinen Geburtstag feiern soll. Wichtig ist, dass Deine Eltern Dir immer zuhören. Du musst wissen, dass Du zur Familie dazu gehörst. Zudem ist es wichtig, Dir begreiflich zu machen, warum es gerade ungünstig ist, gemeinsam etwas zu machen. Ein Vorschlag sollte nicht nur einfach von Deinen Eltern verneint werden. Zur Selbstständigkeit gehört auch der Punkt, Verantwortung zu übernehmen.

Du kannst beispielsweise beim Bäcker die Brötchen holen oder für die Familie den Tisch decken oder kochen. Erfolgserlebnisse sind bei dem Prozess sehr wichtig. Suche Dir die Aufgaben raus, wo es recht klar ist, dass Du sie erfolgreich bewältigen kannst, sonst leidet Deine Motivation darunter, wenn Du etwas auf eigene Faust erledigen wolltest und es Dir nicht gelungen ist. Du zeigst genau, was Du Dir selber zutraust. Sehen Deine Eltern, dass Du versuchst, etwas alleine zu machen, dann sollten sie Dich auch lassen. Andererseits sollten sie Dir signalisieren, dass Du von ihnen Hilfe erwarten kannst, wenn es nicht so klappt, wie Du Dir wünscht. Es ist zudem keine Schande, auch mal um Hilfe zu fragen. Wer um Hilfe bittet, der wird es beim nächsten Mal besser machen und mit Fehlern wachsen.

Einfach mal Luft ablassen

Schluckst Du Deinen Ärger runter, dann entsteht in Dir eine enorme Spannung. Es kann zu körperlichen Symptomen kommen, wie nächtlichem Zähneknirschen, Schmerzen im Rücken und Nacken, Magengeschwüren sowie Gereiztheit, Nervosität und Unruhe. Ein solcher Druck kann sich anstauen, was durchaus gefährlich sein kann. Es könnte passieren, dass Du plötzlich, ohne dass Du es selbst erwartest, explodierst. Das kann dann aufgrund einer Kleinigkeit sein, der der Tropfen auf dem heißen Stein ist. Bevor Du platzt halte inne, atme einmal tief durch und zähle beispielsweise bis 10, 20 oder 30. Der akute Ärger kann so gemindert werden. Er ist zwar noch da, sowie auch der Grund für den Ärger, beides ist aber zu überwinden. Das ist dann der nächste Schritt. Dazu brauchst Du Ruhe und Vernunft. Ärgerst Du Dich, weil Du das Gefühl hast, jemand hat Dir absichtlich etwas getan, dann überprüfe für Dich, ob es der Wahrheit entspricht. In vielen Fällen handelt es sich einfach nur um ein Missverständnis und der Ärger ist absolut unbegründet. Du solltest daher nicht direkt aus der Haut fahren, sondern eventuell noch einmal genauer nachfragen, wie das Gesagte oder Getane gemeint war.

Die Situation verlassen

Du kannst auch erst einmal die Situation bzw. den Raum verlassen und zunächst alleine schimpfen. Du solltest aber auf jeden Fall alleine sein. Eine weitere Möglichkeit ist, Deinen Ärger aufzuschreiben. Diese Notiz schreibst Du nur für Dich, daher kannst Du auch Schimpfwörter verwenden. Ärgerst Du Dich oft, dann lege Dir ein Tagebuch zu, in dem Du notierst, wann es passiert. So kannst Du Dich kontrollieren und Dir wird vielleicht eher klar, was Dich so alles auf die Palme bringt. Hast Du den ersten Ärger überwunden, dann lege Deine Empfindungen offen dar und klage den Anderen nicht an.

Atmungs- und Entspannungstechniken

Sie können Dir dabei helfen, eine gewisse Grundruhe zu lernen. So wird Dein Leben für Dich leichter und Deine Seele erhält Frieden. Du kannst Dich auch in Maßen sportlich betätigen, um den Ärger loszuwerden. Merkst Du, dass alles nichts hilft, dann suche Dir ein Hobby, eines welches Dir selbstverständlich Spaß macht. Du kannst auch unterschiedliche Dinge ausprobieren. Manchmal ist es so, dass man beim ersten Versuch, ein Hobby für sich zu entdecken, einfach scheitert. Das ist natürlich kein Problem, aber bleibe am Ball, irgendwann wirst Du etwas Passendes für Dich finden.

Der notwendige Ärger

Der Ärger kann auch als Motor angesehen werden, wodurch sich Veränderungen zum Positiven wenden. Bemühst Du Dich in Deiner

Wut darum, Dich angemessen auszudrücken und eine Lösung für das Problem zu finden, kann die Wut durchaus konstruktiv sein. Du kannst durch den Ärger die Energie bekommen, Dich zu wehren, wenn Du ungerecht behandelt wirst oder eine Beziehung, die nicht rund läuft, wieder in Ordnung zu bringen. Diese Energie kann Dir beim Überwinden von Hindernissen helfen. Macht sich beispielsweise ein Mitschüler immer auf Deine Kosten lustig, Eltern kümmern sich nicht um ihr schreiendes Baby oder ein Behinderter wird ungerecht behandelt, dann ist Dein Ärger durchaus berechtigt. Du hast jedes Recht dazu, Dich aufzuregen. Nun gilt es, verantwortungsvoll zu handeln. Du solltest natürlich nicht schreien oder bockig werden, sondern mit viel Ruhe an die Sache herangehen.

Social Media ist bei allen Kids beliebt

Für Jugendliche ist es eine spielerische Angelegenheit, sich mit den sozialen Medien auseinanderzusetzen. Du bist schließlich mit der digitalen Welt aufgewachsen. Für Dich ist sie selbstverständlich. Durch Messenger kannst Du leichter mit Deinen Freunden kommunizieren. Du hast mehr Privatsphäre als wenn Du mit Freunden telefonieren würdest. Du hast viele Möglichkeiten, Dich mit anderen Menschen zu vernetzen. Ein großes Unterhaltungsangebot hast Du durch Social Media. Die klassischen Medien können Dir das nicht bieten. Zudem sind Videos, die selber gemacht wurden, auch authentischer und meist sind die, die sie gemacht haben, in Deinem Alter. Eine direkte Interaktion ist durch Likes und Kommentare möglich. TV wurde längst vom Internet abgelöst. Es gibt zahlreiche Kanäle, auf denen Du Filme und Serien anschauen kannst. Eine Rolle spielen die sozialen Medien auch beim Finden Deiner eigenen Identität. Du hast zahlreiche Möglichkeiten, Dich selber darzustellen.

Soziale Netzwerke und deren Sicherheit

Bist Du im Internet unterwegs, kannst Du mit problematischen Inhalten konfrontiert werden. In Chats oder Kommentaren finden sich auch Hasskommentare wieder. Du kannst selbst ein Opfer sein und über das Internet Beleidigungen erhalten oder gemobbt werden und nimmst zu Fremden Kontakt auf. Zudem kannst Du leicht in eine Internetsucht verfallen. Gerade in der Pubertät bist Du auf der Suche nach Kontakten zu Gleichaltrigen. Wichtig ist dies für Dein Selbstwertgefühl sowie für Deine eigene Identifikation. Du spielst im Internet, verschickst Likes sowie Freundschaftsanfragen. Dies kann zu einem Hochgefühl führen. Dein Körper beginnt, Endorphine auszuschütten. Jedes Mal, wenn Du online gehst, hinterlässt Du Spuren im Internet. Du gibt vieles von Dir preis. Die Fotos, die Du hochlädst, sind nicht mehr Dein Eigentum. Sie können weiterverkauft werden und die Daten können auch Kriminelle für sich nutzen. Selten erhältst Du einen Überblick, wie weit Deine Daten im Netz verbreitet sind. Das gilt auch für das Herunterladen einer App.

Was machen soziale Netzwerke mit Kindern?

Gerade in der Zeit, in der Du dabei bist, Deine Persönlichkeit zu finden, möchtest Du Dich selbst darstellen und Anerkennung bekommen. Durch das Internet ist dies leichter geworden und der Reiz ist größer. Du kannst auf die Schnelle mit Deinen Freunden Erlebnisse für die Ewigkeit festhalten und sie mit anderen teilen. Du setzt Dich in Szene und hoffst darauf, viel Anerkennung dafür zu erhalten. Du bist noch nicht in der Lage, alle Risiken, die damit verbunden sind, abzuschätzen. Sogar Erwachsene können nicht immer verstehen, wie oft ein Foto im Internet geteilt werden kann oder sich Dein Video angeschaut wird und verbreitet werden kann. Nicht zwangsläufig muss es ein Risiko sein, Videos und Fotos zu teilen. Du kannst Dich sowie Deine Interessen auf eine kreative Art und Weise ausdrücken. Plattformen können Dich aber auch unter Druck setzen, zu viel von Dir preisgeben zu müssen. Überlege Dir stets bevor Du etwas von Dir veröffentlichst, ob das für

Dich zu keinem Problem werden könnte. Würdest Du Dir diese Kommentare oder Bilder auch gerne noch in 10 oder 20 Jahren ansehen? Du denkst jetzt, dass nach einer so langen Zeit alles gelöscht wurde? Da täuscht Du Dich aber, denn das Internet vergisst niemals etwas. Selbst Deine Posts bleiben immer vorhanden und auch Deine Kinder könnten diese später einmal lesen.

Warum sollten 10 jährige Mädchen die beliebten Netzwerke noch nicht nutzen?

Bist Du online, prallt ständig eine Flut an Informationen auf Dich ein. Schon Zehnjährige können durch das Internet von den Hausaufgaben abgelenkt werden. Draußen spielen wird schnell uninteressant. Du hast Angst, Du könntest etwas verpassen. Mit zehn Jahren kannst Du noch nicht verstehen, dass Menschen, auch wenn sie nur Positives von sich posten, auch mal schlechte Laune haben. Dir fällt nur das Schöne und Aufregende auf. Du könntest anfangen, Dein eigenes Leben abzuwerten und wirst so unglücklich. Gerade die Mädchen beginnen, sich in der Pubertät miteinander zu vergleichen. Dies kann sich zu einer Online-Jagd auswachsen, was Likes und Emojis betrifft. Du kannst davon abhängig werden.

Eltern tragen Verantwortung für ihre Kinder, auch was Social Media angeht

Deine Eltern haben die Pflicht, Dich vor Gefahren im Internet zu schützen. Doch auch Deine Eltern kennen das Internet vielleicht nicht so gut. Sie sind schließlich nicht damit aufgewachsen. Sie sollten Dich dazu anhalten, einerseits Dich mit den digitalen Medien vertraut zu machen und andererseits verantwortungsvoll damit umzugehen. Deine Eltern sollten Dir mit ihrer Internetnutzung ein Vorbild sein. Zudem sollten sie, wenn Du Fragen dazu hast oder Probleme, mit Dir offen darüber sprechen können. Meinen Deine Eltern, dass es wichtig ist, zu Hause bestimmte Bereiche des Internets für Dich mit einem Schutzprogramm zu versehen, sodass manche Webseiten gesperrt sind, solltet ihr gemeinsam darüber sprechen. Das gilt auch für das, was Du im Internet über Dich erzählst. Besprecht gemeinsam die Regeln, was den Umgang mit Smartphones, Computer und Co. betrifft. Das zu kontrollieren, ist schwieriger. Ob Du es schon nutzen kannst, sollte von Deinem Alter abhängen.

Das Smartphone wird gerade von Kindern zum Surfen und Spielen genutzt. Deine Eltern können Dir diesbezüglich einen gewissen Zeitraum zur Verfügung stellen, in dem Du das Smartphone dazu nutzen darfst. Das eigene Smartphone solltest Du erst erhalten, wenn Du auch in der Lage bist, die Risiken, die im Internet lauern, zu erfassen und wenn Du weißt, wie Du Dich vor diesen schützen kannst. Mit 12 Jahren ist dies durchschnittlich der Fall. Ab einem gewissen Alter wird das Handy meistens zum ständigen Begleiter der Jugendlichen. Zeitkonten sind da schnell überschritten. Deine Eltern sollten Dir ein begrenztes Datenvolumen zur Verfügung stellen oder einen Geldbetrag, den Du für die Onlinenutzung ausgeben darfst. Du lernst dadurch auch, mit dem Geld, das Dir monatlich zur Verfügung steht, auszukommen und Dir das Geld sowie das Datenvolumen einzuteilen. Wird ein Vertrag für Dich abgeschlossen, sollte ausgeschlossen werden, dass Du über das Datenvolumen hinaus, im Internet surfen kannst. Ein Handy ist ab einem bestimmten Alter sicherlich sinnvoll, denn so kannst Du Deine Eltern oder Freunde bei Bedarf immer erreichen und umgekehrt.

Auswirkungen digitaler Medien auf das Gehirn

Die kleinen Kinder lernen durch die Bewegung sowie durch ihr motorisches Empfinden. Nach und nach verknüpfen sich einzelne Bereiche und Milliarden von Gehirnzellen miteinander. Denken ist nach dem zweiten Lebensjahr möglich. Bis zu dem Zeitpunkt ist Handeln und Denken das Gleiche. Das Kind erfährt, was eine dringliche Welt ist und was räumliche Realität bedeutet. So sammelt es sein Wissen, bildet seine Intelligenz aus und treibt sich rapide voran. Ein Bildschirm kann dies nicht leisten. Der Bildschirm ruft nur eine

Abstraktion von der dringlichen Welt hervor. Bis es das Grundschulalter erreicht hat, können diese nicht verarbeitet werden. Das Kind sieht flächig. Es kann das, was es sieht nicht anfassen, nicht riechen, nicht schmecken und nicht ertasten. Es fehlen ihm die sinnlichen Erfahrungen, die die Grundlage für das Denken bilden. Eine große Rolle spielt die Bewegung bis hinein in das Grundschulalter. Die Bewegung bildet auch die Grundlage, um den eigenen Körper wahrzunehmen und sich selbst. Gerade die ersten Jahre schreitet die Entwicklung durch Erfahrung voran, die es mit seinem eigenen Körper ausführt. Nur so kann es sich ein Bild von seinen Fähigkeiten machen. Wichtig ist dies unter anderem für ein positives Selbstwertgefühl. Die Feinmotorik entwickelt sich beim Kind, in dem es seine Umwelt feinstofflich erkundet. Wird das Kind während der ersten Jahre zu viel mit digitalen Medien in Kontakt gebracht, kann es zu Einschränkungen der gesamten Entwicklung kommen. Außerdem kann sich schon früh ein Suchtverhalten zeigen.

Die Gefahr des Suchverhaltens

Bunte Animationen und schnelle Videos sind für das Gehirn eines Kindes ein Reizbombardement. Es wird ein digitales Feuerwerk im Gehirn ausgelöst. Das limbische System ist davon betroffen. Das Belohnungssystem wird in erster Linie aktiviert. Sie sind total überdreht, wenn die digitalen Medien zu häufig genutzt werden. Einzelne Module reifen so nicht ausreichend heran. Die Entfaltung einiger Bereiche im Gehirn findet nicht voll statt. Bei Kleinkindern und Grundschulkindern ist das Stirnhirn noch nicht in der Form ausgebildet, dass es die nötige Kontrolle und Belohnungsreize entfalten kann. Bald entsteht daraus ein Suchtverhalten, da insbesondere die kleinen Kinder ein ständiges Verlangen danach haben und total auf das digitale Spielzeug programmiert sind.

Soziale Entwicklung und Selbstkontrolle

Die digitalen Medien haben auch einen Einfluss darauf, wie sich das Sozialverhalten und die Selbstkontrolle entwickelt. Während der

Vorschulzeit baut sich das soziale Denken erst auf. Dies ist aber nur durch die Gefühlsansteckung möglich. Die Kognition ist erst im Alter von zwei bis drei Jahren möglich. Das ichbezogene Denken entwickelt sich. Kinder beginnen in dem Alter, sich in andere Menschen hineinzuversetzen. Mit drei Jahren kommt zur Kognition das soziale Denken sowie Verstehen hinzu. Mit anderen Kindern zu spielen, wird ab dem Alter sehr wichtig. Die ersten Rollenspiele werden gespielt. Selbstkontrolle ist nur mit der Interaktion in Gruppen möglich. Ab dem vierten Lebensjahr kann das Kind diese Fähigkeit beim gemeinsamen Spiel, beim Singen und beim Basteln erlernen. Es lernt, Rücksicht auf andere zu nehmen und die Selbstkontrolle. Über drei Jahre dauert diese Entwicklung an. Während der Grundschulzeit sollte das gemeinsame Spiel immer noch trainiert werden, damit sich das Kind stabilisiert.

Suchtverhalten erkennen und richtig bekämpfen

Wie viel Zeit Du im Internet verbringst, ist noch kein Anzeichen dafür, dass Du internetsüchtig bist oder nicht. Die negativen Konsequenzen auf das tägliche Leben und der Leidensdruck, der damit verbunden ist, sind vielmehr Anzeichen dafür. Beschäftigst Du Dich ständig mit Deinen Aktivitäten im Internet, die hinter Dir und vor Dir liegen, ist es ebenfalls ein Zeichen für eine eventuelle Sucht. Du bist fast nur noch im Internet unterwegs und es gibt für Dich nichts anderes mehr. Hast Du keine Möglichkeit, online zu gehen und wirst dadurch gereizt und traurig oder ängstlich, ist dies ein weiteres Warnsignal. Du brauchst das Internet, damit Du Dich gut fühlst und musst immer länger im Internet bleiben, um ein bestimmtes, gutes Gefühl zu erreichen. Versuchst Du, Deine Internetnutzung selber zu kontrollieren und es funktioniert nicht, dann kann dies ein Auslöser für schlechte Laune bedeuten. Du brauchst es, online zu spielen, zu chatten und Dich in den digitalen Medien zu zeigen und ziehst das Surfen im Internet Aktivitäten in der Freizeit und Deinen Hobbys vor. Selbst, wenn Du schon Schwierigkeiten mit dem Computer, der Konsole, dem Smartphone und dem Tablet hast, so nutzt Du diese Medien dennoch weiter. Du beginnst zu verschweigen, wie lange Du Dich immer im Internet aufhältst oder gibst falsche Zeiten an. Du nutzt Deine Zeit, um damit erst gar keine negativen Stimmungen aufkommen zu lassen und/oder flüchtest vor negativen Gefühlen. Deine Leistungen in der Schule lassen nach. Dein Kontakt zu Deinen Mitschülern, Freunden und Angehörigen wird weniger und der Kontakt leidet darunter.

Internetsucht bekämpfen

Du musst, um Deine Internetsucht zu bekämpfen, nicht gleich ganz darauf verzichten, sondern vielmehr geht es darum, Dinge, die Du vernachlässigt hast, für Dich wiederzuentdecken und nichts mit den digitalen Medien zu tun haben. Dazu gehören Hobbys, Freunde, Sport und alles, was Dir sonst noch gefällt. Stelle Regeln auf, wie lange Du im Internet unterwegs bist. Mache Dir Zeitsperren, wie beispielsweise keine Internetnutzung in der Nacht. Damit Du Deine Zeit besser kontrollieren kannst, stelle Dir einen Wecker. Du kannst zudem ein Computertagebuch führen. Kontrollierst Du Dich selbst, kannst Du Dich selbst gut beobachten. Denke Dir Dinge aus, die Du machst, wenn Du nicht im Internet unterwegs bist. Lerne wieder, ohne digitale Medien Spaß zu haben. Visualisiere Deine Ziele. Nimm andere Personen mit dazu, die diesen Prozess mit Dir gehen. Sage ihnen, dass Du weniger Zeit im Internet verbringen möchtest. Diese Person sollte in der Lage sein, ein offenes Ohr für Dein Vorhaben zu haben und Dich dabei unterstützen. Gehe den Ursachen für die Internetsucht auf den Grund. Frage Dich, weshalb die digitalen Medien auf einmal für Dich so wichtig wurden und was Du gerne in Deinem realen Leben ändern würdest. Kommst Du bei einem der Punkte nicht weiter, dann kannst Du Dich auch an eine Beratungsstelle wenden. Du kannst Dich dort mit anderen austauschen und Dich mit jemandem unterhalten, der mit diesem Thema vertraut ist. Es handelt sich bei der Beratung nicht um eine Therapie, sondern es geht darum, gemeinsam darüber zu reden und auf Fragen Antworten zu finden. Es gibt Beratungsstellen und Selbsthilfegruppen. Es ist wesentlich schöner, neue Dinge mit der besten Freundin kennenzulernen und den Tag im Freien zu verbringen als den ganzen Tag im Internet zu hängen. Versuche es doch einfach mal und bilde Dir Deine eigene Meinung.

Verantwortungsvoller Umgang mit den sozialen Medien

Die sozialen Medien sind einfach in unser Leben eingezogen und nicht mehr wegzudenken. Sicherlich benötigen Deine Eltern diese, um sich mit Bekannten oder Freunden zu unterhalten oder sogar beruflich. Das Internet ist unverzichtbar geworden und man kann sich sogar mittels diesem weiterbilden. Nachrichten findet man täglich über das Internet vor, man kann Spiele spielen und ganz vorne mit dabei sind die sozialen Medien. Eine Studie besagt, dass sich so gut wie jeder Bürger mittlerweile einmal täglich auf den sozialen Medien herumtreibt, ausgeschlossen natürlich die Personen, die über keinen Internetzugang verfügen. Ja, die gibt es heute auch noch. Es gibt tatsächlich Menschen, die kein Interesse an Socialmedia haben. Das kannst Du nicht verstehen? Naja, vielleicht haben diese einmal eine schlechte Erfahrung gemacht oder einfach keine Zeit, sich im Internet herumzutreiben oder sie haben einfach eine andere Lebensweise für sich entdeckt. Du solltest solche Menschen aber nicht verurteilen, sondern ihren Wunsch akzeptieren.

Was spricht für Socialmedia?

Social Media bietet Dir die Möglichkeit, ohne Probleme und Kosten überall auf der Welt mit Deinen Freunden und Deiner Familie zu sprechen und das in Echtzeit. Du findest schnell Anschluss. Ziehst Du um oder Deine Freunde wohnen nicht in Deiner Nähe, kannst Du durch Social Media neue Kontakte aufbauen. Sind Freundschaften eingeschlafen, kannst Du mit Social Media diese wieder aufleben lassen. Gib einfach den Namen Deiner alten Freunde ein und Du kannst sie ausfindig machen. Es ist einfacher jemanden anzuschreiben, mit dem lange kein Kontakt mehr bestand, als ihn anzurufen. Du kannst offen Deine Meinung sagen und beispielsweise in Foren bei Themen mitdiskutieren. Das kann hilfreich sein und Dir in gewissen Lebenslagen gut tun. Möchtest Du auf Fragen eine Antwort erhalten, kannst Du die Frage direkt vielen Menschen auf einmal stellen. Mit Social Media kannst Du Dich mit Gleichgesinnten treffen und Dich mit den Anderen über alles, was Ihr wollt, austauschen. Du findest genau den Ansprechpartner, nachdem Du gesucht hast.

Was spricht gegen Socialmedia?

Bist Du online, gibst Du anderen Menschen viel von Dir preis. Du hinterlässt Deine Spuren im Internet. An Deinem Leben nehmen nun viele Anteil und Du bist immer und überall zu erreichen. Zum Teil erfährst Du über andere mehr als Die lieb ist. Es besteht das Risiko, dass Du die Kontrolle verlieren kannst. Du kannst nicht bis ins Detail nachverfolgen, wo überall Spuren von Dir sind und weißt daher nicht, ob diese Infos auch zu Deinem Nachteil verwendet werden können. Cybermobbing ist ein weiteres Thema. Es kommt darauf an, welche Kontakte Du knüpfst. Dementsprechend kann es zu Beschimpfungen, einem aufdringlichen Verhalten und Beleidigungen kommen. Es besteht zudem eine höhere Einbruchsgefahr. Zeigst Du Deinen aktuellen Standort an, können andere verfolgen, zu welchen Zeiten Du nicht zu Hause bist. Der fehlerhafte Datenschutz sollte auch erwähnt werden. Bei vielen sozialen Netzwerken ein Kritikpunkt. Oft werden Deine Daten für Werbezwecke weitergegeben. Es könnte passieren, dass Du Deine realen Freunde vernachlässigst. Mit anderen chatten ist bequem. Du musst das Haus nicht verlassen. Insbesondere beim Smartphone ist das so, da Du es immer und überall hin mitnehmen kannst.

Was bedeutet eigentlich Pubertät?

Bei der Pubertät wird auch gerne von der Geschlechtsreife gesprochen. In diese kommt jeder, egal, ob Junge oder Mädchen. Es gibt Kinder, die früher als andere in die Pubertät kommen, doch dass sie da durch müssen, ist klar. Schließlich möchte niemand ein Leben lang ein Kind bleiben, sondern auch irgendwann einmal erwachsen werden. Hierzu zählen nicht nur ein besseres Verständnis für die Dinge, die einem im Alltag begegnen, sondern auch das Aussehen. Kommen Mädchen in die Pubertät, so ändert sich ihr Körper. Die Brüste wachsen, das Geschlechtsorgan vollzieht sich einer Reife und sie bekommen früher oder später ihre Periode. Hierbei handelt es sich um einen ganz normalen Ablauf. Mädchen können irgendwann eigene Kinder bekommen und hierfür ist es wichtig, dass sie sich dementsprechend weiterentwickeln.

Bei Mädchen spricht man von weiblichen Geschlechtshormonen, bei Jungen von männlichen Geschlechtshormonen. Die Pubertät tritt jedoch erst dann ein, wenn der eigene Körper vermehrt bestimmte

Hormone herstellt. Bei einigen Mädchen ist dies bereits mit 10 Jahren der Fall, bei Anderen erst mit 12 Jahren oder später. Solltest Du, bzw. Dein Körper, noch nicht so weit sein, so ist dies kein Problem und etwas ganz normales. Du musst Dir und Deinem Körper Zeit geben. Die Hormone, die der Körper plötzlich produziert, werden in den Körper abgegeben und daher machst Du dann diese Veränderung durch. Es ist jedoch nicht so, dass die Pubertät jetzt beginnt, Du diese innerhalb von ein paar Wochen durchmachst und eine Frau bist. Nein, bei der Pubertät läuft es etwas anders ab. Sie ist für die verschiedensten Veränderungen zuständig und diese werden zu unterschiedlichen Zeiten auftreten. Nicht nur Deine Persönlichkeit kann sich verändern, sondern auch Deine Haut. Gerade junge Frauen finden die Veränderung ihres Hautbildes oftmals wirklich lästig. Hier kann es vermehrt zur Pickelbildung kommen. Es kann sogar in schlimmen Fällen eine aggressive Akne entstehen. Mädchen überschminken ihre Pickel dann gerne, was absolut verständlich ist, aber die Pickelbildung noch verstärken kann.

Vor der Pubertät bleibt niemand verschont

Du musst Dir keinesfalls Sorgen bezüglich der Pubertät machen. Diese ist keinesfalls eine Krankheit und auch nicht mit Schmerzen verbunden. Du wirst merken, dass Du Dich in dieser Zeit veränderst. Du entwickelst Deine eigene Meinung zu bestimmten Dingen. wirst öfter auch mal motzig und manchmal nervt Dich einfach alles. Du schaust nach Jungs, die Dich erst gar nicht interessiert haben, und Geschwister sind manchmal echt blöde. Vielleicht wunderst Du Dich auch über Dich selbst. Du bist eventuell mit Dir unzufrieden und verstehst manchmal die Welt nicht mehr. All das gehört jedoch zur Pubertät dazu. Es wird auch öfter passieren, dass Deine Eltern mit Dir schimpfen, dass Du auch mal mit Deiner besten Freundin Streit hast und dass die Schule für Dich einfach nur belastend und unnütz ist.

Warum das in der Pubertät ausgerechnet so kommen muss, hat sicherlich mit Deinen Hormonen zu tun. Sicherlich wäre es viel besser, wenn Du in dieser Zeit einfach einen Schalter umlegen könntest und total beliebt wärst, Dir alles leicht von der Hand geht und alle Menschen Deiner Meinung wären. So wird es jedoch nicht kommen. Es gibt Mädchen, die durchlaufen die Pubertät tatsächlich mit nur wenigen Veränderungen, die oftmals eher körperlich stattfinden. Es gibt jedoch auch Mädchen, die lange in der Pubertät stecken und bei jedem Problem „hier“ schreien. In diesem Moment hilft es jedoch auch nicht, wenn Du Dir sagst, dass Du gerade mitten in der Pubertät steckst, den Ärger bekommst Du dennoch. Versuche einfach mal nachzugeben, aber äußere dennoch Deine Wünsche und teile Deinem Gegenüber mit, was Dir gerade zu schaffen macht. Du wirst es kaum glauben, aber mit einem ehrlichen Gespräch kann sich einiges für Dich zum Positiven ändern.

Gerade was die Gefühle angeht, findet in der Pubertät ein stetiger Wechsel statt. Gerade warst Du noch überglücklich und hättest Bäume ausreißen können und im nächsten Moment hältst Du Deine Tränen zurück. Du kannst sogar teilweise richtig wütend werden. Du fühlst Dich missverstanden, vielleicht sogar ein bisschen ungeliebt und alles und jeder macht Dir zu schaffen. Mädchen in der Pubertät sind zudem dafür bekannt, dass sie sich sehr gerne von den Eltern zurückziehen. Sie benötigen ihren eigenen Freiraum und Mama und Papa werden über Neuigkeiten als letztes informiert. Des Weiteren kommt es oftmals in Zeiten der Pubertät zur ersten Verliebtheit. Man kann sagen, dass Mädchen sich zu anderen Jungs hingezogen fühlen, die irgendetwas an sich haben, was den eigenen Eltern nahekommt. In der Regel merken die Mädchen gar nicht, dass sie auf der Suche nach einer Person sind, die Mama oder Papa ähnelt.

Hat man den Jungen für sich gewinnen können, so ist man erst einmal überglücklich, doch dann entstehen weitere Wünsche. Man möchte diesen Jungen küssen, aber wie macht man das, ohne das er sich überrumpelt fühlt, ohne das man sich selbst blamiert? Wie geht das eigentlich mit dem Küssen? Hast Du Dir endlich ein Herz gefasst, Deinen Freund geküsst und festgestellt, dass das gar nicht so schwer war und eigentlich angenehm? Dann möchtest Du sicherlich auch mehr. Wichtig ist hierbei, dass Du absolut nichts machst, was Du oder auch der Junge nicht möchte. Du bist gerade einmal zehn Jahre alt und da muss man sich körperlich noch nicht so nahe kommen. Du hast Zeit und diese solltest Du unbedingt genießen. Sicherlich bist Du jetzt kein kleines Mädchen mehr, aber für den Anfang sind doch Händchen halten, küssen und bei ihm auf dem Schoß sitzen, absolut ausreichend. Seid ihr erst einmal etwas länger zusammen, kennt euch besser und die Verliebtheit hat dann immer noch nicht abgenommen, könnt ihr an weitere Schritte denken. Du solltest jedoch niemals vergessen: Verhütung ist ausgesprochen wichtig. Du möchtest weder ein Baby bekommen und früh Mutter sein, noch krank werden. Bist Du diesbezüglich verunsichert, so suche Dir eine Person, der Du absolut vertraust. Eine erwachsene Person ist hier immer ratsam, denn eine Solche hat viel Erfahrung und kann Dir diesbezüglich tolle Tipps geben.

In welchem Alter ist die Pubertät am schlimmsten?

Nach der Vorpubertät, die bei Mädchen ab dem zwölften Jahr beginnt und bei Jungs ab dem 14. Lebensjahr, folgt die Hochphase der Pubertät. Dies ist die schlimmste Zeit dieser Phase. Sie ist nicht nur für Dich eine schwierige Zeit, sondern auch für Deine Eltern und den Rest der Familie. Eine spannende Zeit. Allmählich veränderst Du Dich körperlich, was auch nach außen hin sichtbar ist. Dies ist die Zeit, in der auch Deine Schamgrenze steigt. Es beginnt die Zeit, in der Du Dich vor anderen Familienmitgliedern nicht mehr ausziehen möchtest. Immer mehr wird auch das Thema Sexualität für Dich interessant. Du orientierst Dich mehr und mehr an Menschen in Deinem Alter und beginnst Dich mit ihnen zu messen. Deine Gefühle fahren Achterbahn. In dieser Zeit machen sich Selbstzweifel, Unsicherheit sowie Minderwertigkeitskomplexe bemerkbar. Deine Hormonlage verändert sich und im Gehirn kommt es zu einem Umbau. Es kommt zu spontanen Gefühlsausbrüchen und Stimmungsschwankungen. Du bist in dieser Phase äußerst verletzlich. In der Schule kann es zu Leistungseinbrüchen kommen. Deine Eltern brauchst Du weiterhin, doch sie werden für Dich peinlicher und sind nicht mehr so Deine Vorbilder, wie sie es waren, als Du klein warst. In der Familie gibt es öfter Diskussionen, da Du mit den Vorschriften, die sie Dir machen, nicht einverstanden bist. Deine Eltern sind wie vor den Kopf geschlagen und möchten Dir helfen. Die Hilfe möchtest Du aber nicht annehmen. Jetzt brauchst Du viel Verständnis, Geduld und Deine Eltern viel Gelassenheit.

Wie erkenne ich, dass ich in der Pubertät bin?

Das Wachstum

Du veränderst Dich äußerlich, was auch die Menschen in Deiner Umgebung wahrnehmen. Die Pubertät beginnt mit einem Wachstumsschub. Es spielt dabei keine Rolle, wie groß Du zu diesem Zeitpunkt bist. Warst Du als Kind eher die Kleinere, kann es sein, dass Du in der Pubertät mehr wächst als andere, was dann auch mehr auffällt. Fünf bis acht Zentimeter in ein paar Monaten sind dabei nicht selten. Es kann sein, dass Du während der Zeit mit Gelenk- und Knochenschmerzen zu kämpfen hast.

Die Entwicklung der Brust

Dass Du Dich körperlich veränderst, zeigt sich nicht nur daran, dass Du wächst. Deine Brust beginnt sich zu entwickeln. In Deinem Gehirn kommt es zu einer vermehrten Ausschüttung von Hormonen. Dies sind die Gonadotropin-Releasing-Hormone. Sie kümmern sich um die Ausschüttung der Geschlechtshormone. Dein Brustgewebe entwickelt sich aufgrund dessen, die Milchdrüsen entwickeln sich und es kommt zur Vergrößerung der Brustwarzen. Es ist die Zeit, in der Du Dich um einen BH kümmern solltest.

Die Beckenstellung

Das Becken bildet sich sichtbar aus. Du wirst geschlechtsreif, das heißt, Du kannst schwanger werden. Damit Du dazu in der Lage bist, verändert sich die Stellung Deines Beckens. Es wird breiter, sodass das Kind, wenn Du später einmal eins bekommst, durch den Geburtskanal besser durchkommt. Es kann sein, dass Dir Deine Röcke und Hosen plötzlich nicht mehr passen. Um Deine Hüften herum sammelt sich mehr Fettgewebe an. Du nimmst aber nicht zu, weil Du mehr isst oder nicht das Richtige isst. Das ist ganz wichtig. Es sind die körperlichen Veränderungen, durch die Dein Körper anders aussieht. Vergleiche Dich während der Zeit nicht mit Deinen Freundinnen. Die Pubertät verläuft bei jedem anders.

Die Schambehaarung

Beginnt die Pubertät, setzt die Schambehaarung ein. In Deinem Intimbereich wachsen die Achselhaare etwa ab dem Alter von zehn Jahren. Du musst verstehen, dass dies etwas ganz Natürliches ist. Informiere Dich über die verschiedenen Methoden der Haarentfernung. Vertraue Dich zum Beispiel Deiner Mutter an. Mit ihr kannst Du dann gemeinsam Deinen ersten Rasierer kaufen. Natürlich musst Du die Behaarung nicht entfernen. Das bleibt ganz Dir überlassen, aber viele Mädchen machen dies, weil sie es einfach hygienischer finden.

Die erste Menstruation

Auch im Inneren Deines Körpers kommt es zu Veränderungen. Deine Eierstöcke beginnen, wegen der Hormone, zu wachsen. Allmählich bereitet sich Dein Körper auf die erste Regelblutung vor. Es kommt zum Wachstum der Eileiter und schon bald hast Du Deinen ersten Eisprung. Deine Eltern sollten mit Dir darüber reden, was da gerade alles in Dir abläuft. Fällt es Dir schwer, mit ihnen zu reden, dann kannst Du auch einen Arzt aufsuchen. Der Frauenarzt kann Dir alle Fragen beantworten und Dir alle nötigen Informationen geben. So kannst Du mit der ersten Regelblutung besser umgehen und besser nachvollziehen, was in Deinem Körper gerade abgeht. Schäme Dich nicht, wenn Du Deine erste Menstruation hast. Es ist etwas ganz Normales.

Psychische Entwicklung und Veränderung

Viele Eltern sind besorgt aufgrund der psychischen Veränderungen, die Du in der Pubertät durchlebst. Du bist plötzlich ganz anders als Deine Eltern Dich bisher kannten. Manche Teenager sind zickig, andere total aufgedreht und wieder andere ziehen sich zurück. All das ist ein ganz normaler Vorgang und Du solltest diesen ausleben. Das ist wichtig für Dich. Deine Eltern müssen, genau wie Du, lernen, mit diesen Phasen umzugehen. Beim Prozess des Erwachsenwerdens bildest Du Deine eigene Persönlichkeit aus. Fast alle Mädchen haben eine „Eltern-sind-doof-Phase“ Du zeigst ihnen damit, dass Du Dir nichts mehr sagen lassen willst. Zudem weißt Du eh alles besser als Deine Eltern und Verständnis haben sie ohnehin nicht für Dich. Diese Gefühle hast Du in der Pubertät. Am besten ist es, in der Zeit ruhig und gelassen zu bleiben, auch wenn es schwerfällt. Du brauchst klare Grenzen und Deine Eltern sollten Regeln aufstellen, die Du einhalten musst. Diese Regeln beziehen sich unter anderem auf die Schule, die Ausgehzeit, die Hausaufgaben und die Zeit, die Du mit Deiner Familie verbringst. Es kann zu Streitigkeiten deswegen kommen, doch die festen Strukturen sind für Dich sehr wichtig, da auch dieser Prozess zum Erwachsenwerden dazugehört.

Wie lange dauert die Pubertät?

Im Durchschnitt dauert die Pubertät fünf bis sechs Jahre. Mit ungefähr zehn Jahren kommst Du in die Pubertät. Es beginnt das Wachstum der Schamhaare und der Achselhaare. Die Pubertät kann auch früher einsetzen oder später beginnen. Abhängig ist das von einigen individuellen Faktoren. Zu Beginn Deiner Pubertät vergrößern sich Deine Schamlippen und Deine Klitoris. Deine Brust beginnt zu wachsen und Dein Becken verbreitert sich, wodurch Deine Taille schmaler wirkt. Deine Eierstöcke beginnen mit ihrer Funktion und es setzt die erste Regelblutung ein. Bei den Mädchen kommt es noch zu einem Wachstumsschub. Für einen kurzen Zeitraum sind Mädchen durchschnittlich etwas größer als die Jungs im gleichen Alter.

Endlich 10 Jahre! Was macht mein Körper mit mir?

Bei dem einen geht das, was in der Pubertät schneller, bei dem anderen läuft die Entwicklung langsamer an. Hast Du Deine erste Periode, ist sie die tiefgreifendste Veränderung während deiner Pubertät. Bis sie sich eingependelt hat, kann es aber auch ein paar Monate bis hin zu zwei Jahren dauern.

Die Figur

Legen Deine Hormone so richtig los, nimmt Dein Körper eine neue Form an. Insbesondere Deine Brüste, Dein Po und Deine Hüften erhalten auf einmal einen richtigen Schwung. Nicht immer läuft diese Phase harmonisch ab, da alles gleichzeitig beginnt zu wachsen. Es kann sein, dass Deine Proportionen nicht zueinander passen. Dein Becken kann beispielsweise, verglichen mit dem Rest Deines Körpers, breiter wirken, als es tatsächlich ist. Deine Brüste können unterschiedlich sein. Nun heißt es: Geduld haben. Bis Deine Pubertät beendet ist, kannst Du kleine Unregelmäßigkeiten durch einen neuen Style kaschieren.

Entwickelt sich alles richtig?

Selbst, wenn Du glaubst, Du seist die Einzige unter Deinen Freundinnen, bei der es mit der Pubertät nicht so läuft wie bei den Anderen, mache Dir keine Sorgen. Haben Deine Freundinnen schon ihre Periode und Du hast Deine noch nicht, ist das kein Grund zur Besorgnis. Für die Pubertät gibt es kein Standard-Programm. Bei jedem Menschen ist diese Entwicklung anders. Ist bei Dir äußerlich gerade nichts zu beobachten, kann es sein, dass Dein Körper mit den Veränderungen in Deinem Inneren beschäftigt ist. Mache Dir keinen Stress. Dich mit anderen zu vergleichen, macht keinen Sinn. Für ein gutes Körpergefühl kannst Du Dich gesund ernähren und regelmäßig Sport treiben. Die Pubertät ist Chaos. Es ist total verständlich, dass es Dir schwerfällt, Deine Gefühle zu steuern. Deine Hormone feiern eine wilde Party. So fühlt es sich für Dich wenigstens an, wenn Du langsam erwachsen wirst. Es kann sein, dass Du Dich noch wie ein Kind fühlst, Dein Körper aber schon das Aussehen eines Erwachsenen hat. Manche Teenager haben den Wunsch, anders auszusehen. Mit Deinen Eltern kann es häufiger Streit geben. Dir geht irgendwie alles auf den Keks. In der Pubertät entwickelt sich ein Schamgefühl. Bei manchen ist es stärker ausgeprägt als bei anderen. Es gibt Personen, die zu schwitzen beginnen und welche, die rot werden oder verwirrt wirken. Du bist damit nicht alleine. Beziehe nicht immer alles Negative auf Dich.

Wieso verändern sich meine Eltern, wenn ich in der Pubertät bin?

Bist Du in der Pubertät, ist das für Dich und Deine Eltern eine schwierige Zeit. Du möchtest mehr Eigenverantwortung, Selbstständigkeit und einige Dinge anders machen. Viele Themen beginnen Dich zu nerven, wie beispielsweise Deine Frisur, wie Du

Dich kleidest, die Hausaufgaben, wann Du nach Hause kommst oder das Thema Aufräumen. Die Zeit der Pubertät kann aber für Dich auch eine produktive Zeit sein. Deine Eltern und Du habt die Gelegenheit des Ausbaus einer neuen Beziehung zwischen Euch. In der Pubertät geht es um Haltgeben und Loslassen. Du fühlst Dich manchmal unsicher in der Zeit. Da brauchst Du das Gefühl, dass Deine Eltern Dir vertrauen, sich in Dich einfühlen können. Sie sollten Dir Verständnis und Liebe entgegenbringen. Es ist aber auch die Zeit, in der Du Grenzen brauchst. Sie sollten so sein, dass Du Dich innerhalb der Grenzen immer noch frei entwickeln kannst. Du möchtest wissen, woran Du bist, wann Du zu weit gegangen bist und wann Du Dich angemessen verhalten hast. Indem Du Dich während der Pubertät verweigerst, zeigst Du Deinen Wunsch, Dich mit Menschen und Dingen auseinanderzusetzen und Deine Grenzen auszutesten. Die Grenzen sind dazu da, Dir eine Richtung zu weisen und helfen Euch, Euch gegenseitig zu achten. Grenzen sind keine Strafen oder Verbote. Deine Eltern müssen lernen, dass sich ihr Leben nicht mehr nur noch um Dich dreht. Auch Deine Eltern müssen lernen, mit ihren neuen Freiheiten, die sie nun haben, umgehen zu lernen. Das ist nicht einfach. Deine Eltern sollten diese freie Zeit für sich selber nutzen. Ansonsten kann es sein, dass Du das Gefühl hast, sie wollen Dich einengen, nötigen oder unter Druck setzen. Sehen Deine Eltern sich nur als Deine Eltern, ist es für Kinder nicht einfach, die Beziehung zwischen allen Beteiligten auf eine andere Ebene zu verlagern.

Was passiert mit meiner Seele?

Nicht nur Dein Körper verändert sich während der Pubertät. Deine Hormone nehmen Einfluss auf Deine Psyche und Dein geistiges Erleben. Dein Denkvermögen und Dein Gedächtnis werden besser. Deine zwischenmenschlichen Beziehungen haben eine andere Qualität. Das liegt daran, dass Du Dich als Teenager auch mit Wertvorstellungen, Erwartungen und der Moral anderer Menschen auseinandersetzt und deren Verhalten reflektierst. Aufgrund dieser Selbstreflexion ergeben sich auch Probleme. Du denkst viel darüber nach, was für eine Wirkung Du auf andere hast. Du nimmst an, den Anderen geht es genauso. Du meinst auch, Deine Freunde, Lehrer, Eltern und Mitschüler würden andere immer bevorteilen. Erst zum Ende der Pubertät lässt diese Denkweise nach.

Stimmungsschwankungen und Gefühlschaos

Während der Pubertät treten Stimmungsschwankungen auf. Deine Gefühle sind ein einziges Chaos. Da sich bei Dir gerade viel verändert, bist Du unsicher und leichter reizbar. Umso besser Du damit umgehen kannst, desto weniger Stress bedeutet das alles für Dich. Dadurch kommt es auch nicht so häufig zu Auseinandersetzungen zwischen Dir und Deinen Eltern. Deine Eltern spielen in Deinem Leben nicht mehr die Rolle, wie sie es bisher taten. Du bist auf der Suche nach Deinem eigenen Weg. Mehr und mehr nabelst Du Dich von Deinen Eltern ab. Deine gleichaltrigen Freunde werden für Dich wichtiger. Die meisten Mädchen und Jungen in der Pubertät schaffen es, sich von ihren Eltern zu lösen, ohne das es zu großen Krisen kommt, es Dauerkonflikte gibt oder sich alle radikal voneinander entfremden.

Heißt Pubertät, dass ich jetzt erwachsen werde?

In der Pubertät bist Du kein Kind mehr, aber auch noch kein Erwachsener. Es ist eine aufregende Zeit, die aber auch nicht einfach ist. Es dauert ein paar Jahre, bis Du ein Erwachsener geworden bist. Von heute auf morgen geschieht dies nicht. Bei diesem Prozess verändert sich eine Menge. Theoretisch bist Du erwachsen, wenn die Adoleszenz abgeschlossen ist, das heißt, wenn Du geschlechtsreif bist. Doch zum Erwachsensein gehört mehr. Dazu sind auch Kenntnisse und Fähigkeiten nötig, die Dich in die Lage versetzen, die Entscheidungen für Dein Leben und Dein weiteres Fortkommen zu treffen. Du musst fähig sein, solche Entscheidungen eigenverantwortlich und selbstständig treffen zu können.

Was macht mit 10 Jahren so richtig Spaß?

Mit 10 Jahren entwickeln sich neue Dinge in Deinem Leben. Du lernst neue Menschen kennen, neue Sachen in der Schule und auch Deine Hobbys werden sich ändern. Du legst Deinen Fokus auf andere Dinge als noch mit acht oder neun Jahren. Eventuell möchtest Du einem Verein beitreten oder ein Musikinstrument erlernen. Es kann natürlich auch sein, dass Du diese Art von Hobby einmal besonders zu schätzen gewusst hast, aber es Dir nun gar nicht mehr gefällt. Du solltest Dich hier jedoch niemals von jemandem überreden lassen, sondern immer Deinen eigenen Weg finden. Es ist vielleicht gar nicht verkehrt, einfach mal unterschiedliche Dinge auszuprobieren. Was könnte Dir, auch langfristig gesehen, gefallen? Gibt es ein Hobby, welches Du schon immer einmal ausprobieren wolltest? Versuche es doch einfach mal, und magst Du dies nicht alleine ausführen, dann frage doch einfach Deine beste Freundin, vielleicht könnt Ihr diesen Weg gemeinsam gehen.

Musikinstrument erlernen

Du kannst auch im Teenageralter noch anfangen, ein Musikinstrument zu lernen. Dafür ist es nie zu spät. Durch das Musizieren baust Du Stress ab und kannst Dich entspannen. Deine Konzentration wird gestärkt sowie auch Dein Gehör. Es kann sogar eine Hilfe dabei sein, eine neue Sprache zu lernen. Selbst mit ein paar Stunden Übung pro Woche, wirkt sich das Lernen eines Musikinstruments positiv auf die Entwicklung Deines Gehirns aus. Die Areale, in denen die Töne verarbeitet werden sowie die Sprache, lassen sich länger formen und sind länger plastisch.

Sport treiben

In der Pubertät ist Sport besonders wichtig. Durch Sport kannst Du Deine Selbstwahrnehmung schärfen. Während der Pubertät schwankst Du zwischen Bewunderung und Hass für Deinen Körper hin und her. Der Sport ermöglicht es Dir, Deinen Körper besser wahrnehmen zu können und ihn kennenzulernen. Du kannst ihn so besser im Blick behalten. Dein Vertrauen in Deinen eigenen Körper wird stärker sowie Dein Vertrauen in Dich selbst. Zudem fördert Sport Dein Selbstbewusstsein. Hast Du eine Sportart gefunden, die Dir so richtig Spaß macht, wirst Du darin auch Erfolg haben. Erfolg stärkt Dein Selbstbewusstsein. Davon kannst Du zehren, wenn es Dir einmal nicht so gut geht. Du weißt, was Du kannst und was Du Dir zutrauen kannst. Du erlebst, dass Erfolg sich nur einstellt, indem Du Dich anstrengst und durchhältst. Positive Erfahrungen sind gerade in der Pubertät sehr wichtig. Deine Persönlichkeit wird gestärkt.

Schützenverein beitreten

Wann Du in einen Schützenverein eintreten kannst, bestimmt jeder Schützenverein selber. Es gibt keine einheitliche Regelung. Du gehörst dann zu den Jungschützen. Es handelt sich dabei um eine separate Abteilung. Ab einem gewissen Alter kannst Du in eine andere Gruppe wechseln, sofern Du die dafür notwendigen Voraussetzungen erfüllst. Schützenvereine in Deutschland sind Traditionsvereine. Ihnen liegt der Nachwuchs am Herzen. Damit die Schützenvereine weiter bestehen können, werden Jungschützen ausgebildet. Natürlich ist es auch den Jungschützen erlaubt, bei Wettkämpfen mitzumachen, wenn gewisse Voraussetzungen erfüllt sind. Normalerweise beträgt das Alter bei den Jungschützen 12 bis 20 Jahre. Je nach Altersklasse kommst Du in unterschiedliche Klassen. Zwischen 12 und 14 gehörst Du zu der Schülerklasse und zwischen 15 und 16 Jahren zur Jugendklasse. „Die Junioren B" sind im Alter zwischen 17 und 18 Jahren und die „Junioren A" haben das Alter zwischen 19 und 20 Jahren. An den ersten Wettkämpfen kannst Du mit 12 Jahren teilnehmen.

Spieleabende mit der Familie

Während der Pubertät sind Konflikte mit Dir selbst und mit anderen tagtäglich normal. Durch das gemeinsame Spielen kann die verkrampfte Familiensituation gelockert werden. Ihr könnt gemeinsam lachen, wetteifert gemeinsam ein bestimmtes Ziel zu erreichen und habt die Möglichkeit, wieder miteinander reden zu können. Spiele sind auch eine Hilfe, um Dampf abzulassen. Du kannst neue Kräfte tanken, Dich entspannen und sie geben Dir Selbstbestätigung.

Freizeitpark besuchen

Freizeitparks bedeuten Action. Du kannst mit der ganzen Familie zusammen sein. Für jeden ist etwas dabei. Für die Kleineren das Kinderkarussell zum Beispiel. Zudem kann man gemeinsam essen. Jeder kommt hier auf seine Kosten. Langeweile ist in Freizeitparks ein Fremdwort. Die Kinder und Jugendliche sind den ganzen Tag über beschäftigt. Du kannst Dich Deinen Ängsten stellen und Grenzen, die Du Dir gesetzt hast, überwinden. Das stärkt Dein Selbstbewusstsein und Dein Selbstvertrauen. Du wächst über Dich hinaus.

Backen und kochen

Durch Kochen und Backen schulst Du Deine Motorik und Selbstständigkeit. Zudem lernst Du die Lebensmittel zu schätzen. Kochen gehört zum Alltag dazu. Gemeinsam zu kochen und zu backen macht Spaß. Ihr könnt zusammen eine unbeschwerte Zeit genießen. Kochen und Backen bietet Unterhaltung. Du erlebst schöne Augenblicke, ganz ohne Stress. Du kannst Dir neue Erkenntnisse aneignen und neues ausprobieren. Experimentierst Du, dann lernst Du effizienter und auch schneller. Zudem kannst Du Dich an die Informationen, die Du neu gelernt hast, länger erinnern. Lasse Deiner Kreativität freien Lauf und lasse Deiner Fantasie spielen.

Übernachtungen bei der besten Freundin

Es ist ganz normal, dass Du immer mal wieder bei Deiner besten Freundin übernachten möchtest. Du erhältst so Einblick in ein anderes Familienleben. Das ist spannend und aufregend. In dem fremden Haus ist es anders als bei Dir daheim. Empfohlen wird eine Übernachtung bei anderen ab acht Jahren. Du kannst Deine Selbstständigkeit ohne Deine Eltern genießen. Es ist ein tolles Gefühl, kurze Ferien von daheim. Man bleibt gemeinsam lange auf, redet über dies und jenes miteinander und auch über das, worüber man mit seinen Eltern nicht redet. Gemeinsam macht man es sich im Schlafanzug so richtig gemütlich. Deine Eltern zeigen Dir, wenn sie es Dir erlauben, dass sie Dich ernst nehmen und Dir vertrauen. Du merkst, dass Du woanders willkommen bist, geschätzt und gemocht wirst.

Ein Pferd pflegen

Auf Kinder haben Pferde eine unglaubliche Anziehungskraft. Gerade Mädchen lieben Pferde. Gehst Du mit einem Pferd, oder auch einem anderen Tier aus, bedeutet das, Du übernimmst Verantwortung für den Vierbeiner. Zum Kümmern gehört auch das Ausmisten des Stalles, das Putzen des Pferdes und so weiter. Du kommst mit Gleichaltrigen in Kontakt und teilst mit ihnen die Leidenschaft zu den Pferden. Beim Reiten auf dem Pferd trainierst Du Deine Fitness. Du erlangst mehr Ausdauer und verbesserst Deine Balance. Der ganze Körper wird beim Reiten trainiert. Zudem musst Du auf Dich, das Pferd und die anderen Reiter achtgeben. Es braucht zudem Ruhe und Geduld, wenn Du mit Tieren umgehst. Es gibt auch schreckhafte Tiere, die dann eine besondere Behandlung brauchen.

Zoobesuch

Es gibt wohl kein Kind, das nicht gerne in den Zoo geht. Die Tiere zu beobachten und eventuell auch anfassen und streicheln zu können. Sie zu füttern. Du lernst ihren Lebensraum kennen, bist an der frischen Luft. Zoos schenken wichtige Erfahrungen. Du bekommst ein Verständnis für den Umweltschutz und den Tierschutz und lernst, dass es wichtig ist, den Lebensraum der Tiere zu erhalten und dass Du respektvoll mit ihnen umgehen musst.

Shoppen

Ab dem siebten Lebensjahr darfst Du alleine einkaufen gehen. Gehst Du das erste Mal alleine ohne Deine Eltern shoppen, ist es umso aufregender. Du fühlst Dich gleich erwachsener und selbstständiger. Darfst Du alleine shoppen gehen, zeigen Dir Deine Eltern, dass sie Dir vertrauen und Dir etwas zutrauen. Du bist dann alleine für Dein Geld, das Du dabei hast, verantwortlich und musst im Blick behalten, wie viel Geld Du ausgibst oder ausgeben kannst. Du lernst, mit Geld richtig umzugehen und Du triffst Deine eigenen Entscheidungen. Zudem lernst Du Dich und Deinen Körper besser kennen, wenn Du nach Klamotten suchst, sie anprobierst und schaust, ob sie Dir stehen oder nicht.

Kino

Ins Kino zugehen ist für viele Teenies das Allergrößte. Mit Freunden oder der besten Freundin einen spannenden oder auch lustigen Film anschauen, Popcorn futtern und etwas Leckeres zu trinken genießen. In der Schule kannst Du mitreden, weil Du den neusten Blockbuster bereits gesehen hast. Es ist zudem wesentlich spannender, mit Gleichaltrigen das Kino zu besuchen, als dies mit seinen Eltern zu machen. Eine Freizeitbeschäftigung, die bei Mädchen ebenso gut ankommt wie dies bei Jungen der Fall ist.

Einem Hobby nachgehen

Jedes Mädchen sollte einem Hobby nachgehen. Was das letztendlich für eins ist, musst Du für Dich alleine herausfinden. Eventuell bastelst Du gerne und stellst selbst Fotoalben her oder Du machst Deinen Schmuck selber. Eventuell liebst Du auch „Malen nach Zahlen“. Es gibt so viele schöne Hobbys, die wirklich Spaß machen und perfekt für einen verregneten Tag geeignet sind.

Warum sind Freunde wichtig?

Freunde sind fast wichtiger als es später einmal der Partner sein wird. Hast Du einen Freund, so kann es sein, dass Ihr, langfristig gesehen, feststellen werdet, dass die Chemie eventuell doch nicht so stimmt. Ihr trennt euch vielleicht. Eine beste Freundin steht viele Dinge mit Dir durch, denn sie ist immer an Deiner Seite. Sie ist der richtige Ansprechpartner, wenn es Dir einmal schlecht geht. Sie freut sich mit Dir, wenn Du eine gute Note geschrieben hast und sie steht dir auch bei, wenn Deine Eltern oder Geschwister mal wieder nerven. Du kannst ihr Deine Geheimnisse anvertrauen und sicher sein, dass sie diese nicht weiter erzählen wird. Oftmals ist es auch so, dass Du mit einer besonders guten Freundin auch noch nach Deiner Schulzeit befreundet sein wirst.

Eine beste Freundin, oder auch eine sehr gute Freundin, braucht jedes Mädchen, aber auch jede erwachsene Frau. Ihr könnt zusammen Spaß haben, über Jungs quatschen und Eure Hobbys zusammen ausführen. Keiner ist alleine und das ist ein tolles Gefühl. Es ist gar nicht mal ausschlaggebend, ob Deine beste Freundin täglich Zeit für Dich hat oder sich auch mal mit anderen Mädels trifft, sondern einfach nur, dass sie Dir zuhört und für dich da ist, wenn Du sie brauchst. Was für Mädchen die beste Freundin ist, dass ist für Jungs der beste Kumpel. Bemerkst Du es? Jeder Mensch braucht einen anderen Menschen, mit dem er sich treffen kann, einfach um sich auszutauschen. Man kann sich natürlich auch mal streiten, das ist ganz normal, aber letztendlich solltest Ihr wieder einen Schritt aufeinander zugehen und Euch vertragen. Hast Du ein schlechtes Gewissen, weil Du eventuell etwas gemacht hast, was nicht fair war, dann entschuldige Dich auch. Selbst eine Entschuldigung und das Verzeihen gehören zu einer guten Freundschaft dazu. Niemand ist immer perfekt. Das wäre auch langweilig, oder?

Des Weiteren sind Freundschaften für Deine Entwicklung wichtig. Die Kinderfreundschaft entsteht schnell, kann aber ebenso schnell auch wieder vorbei sein. Wirst Du älter, ändert sich das, da dann die Freundschaften einen anderen Wert haben.

Wichtig für das ganze Leben

Freunde sind Deine Spielkameraden sowie auch Deine Vorbilder. Ihr erlebt gemeinsam etwas und könnt voneinander lernen. Dadurch, dass Ihr miteinander interagiert, entwickelt Ihr Eure körperlichen und geistigen Kompetenzen. Durch Freunde entwickelst Du wichtige Fähigkeiten. Zudem lernst Du Bindungsfähigkeit. Kinder brauchen andere als ein soziales Wesen. Du profitierst durch den Kontakt mit anderen. Sie wirken sich positiv auf Deine emotionale Entwicklung aus. Hast Du Freunde, die für Dich da sind und auf die Du Dich immer verlassen kannst, dann hast Du das Gefühl, Du wirst angenommen und von anderen akzeptiert. Sie geben Dir Sicherheit und Geborgenheit. Das gibt Dir ein positives Gefühl, wodurch Du ein positives Selbstbild von Dir selbst entwickelst. Zudem lernst Du durch Freundschaften, anderen Menschen zu vertrauen.

Erst Spielkamerad, dann echte Freundschaft

Du wirst mit vielen gleichaltrigen Kontakt haben. Nicht aus jedem dieser Kontakte muss sich eine Freundschaft entwickeln. Schon als kleines Kind zeigst Du Interesse an anderen Kindern. In dem Alter spielt aber jeder für sich. Das ändert sich im Kindergartenalter. Du berichtest zu Hause ganz stolz von dem neuen Freund, den Du gefunden hast. Ihr habt die gleichen Interessen und das schweißt Euch zusammen. Ihr könnt Euch für dieselben Dinge begeistern. Das Geschlecht ist dabei egal. Jeder, mit dem Du spielst, ist auch Dein Freund. Im Kindergartenalter geht es mehr darum das Gleiche zu tun, als um die Person, mit der Du es tust. Du lernst Schritt für Schritt, Deine eigene Position zu vertreten sowie die Wünsche, die der Andere hat, zu akzeptieren. Du erfährst, was es heißt, zu geben und zu nehmen und wie Du mit Differenzen umgehen kannst. Ihr messt Euch mit Euren Fähigkeiten. Dies wirkt sich positiv auf die Sozialkompetenz aus.

In der Grundschule schließt Du Freundschaften dann bewusster und führst sie intensiver. Du knüpfst eher Kontakte zu Menschen Deines Geschlechts. Immer noch wechseln die Freundschaften häufig und eine Freundschaft, die schnell entstanden ist, kann auch schnell wieder aufgelöst werden. Es ändern sich die Interessen, es gibt Streit, ein Freund hat keine Zeit für den Anderen oder mag lieber mit jemand anderem spielen. Heute ist eine bestimmte Person Dein bester Freund und am nächsten Tag ist es eine andere Person. Natürlich triffst Du auch auf andere Kinder, mit denen Du über Jahre eine Freundschaft führst. In dieser Zeit geht es mehr um die Person als um das, was ihr gemeinsam unternehmt. Du fängst an, Dich in Deinen Freund hineinzuversetzen. Für Dich werden Freundschaften wichtiger. Ebenso wird es wichtiger für Dich, Deine eigenen Bedürfnisse zu erfüllen. Das steht weiterhin an erster Stelle.

In der Grundschule ist der Kontakt enger zu anderen, die dieselben Interessen haben wie Du. Sie werden zu Deinen Verbündeten. Ihr unternehmt etwas miteinander und teilt Eure Geheimnisse. Zudem finden Gruppen zusammen, deren Eltern miteinander befreundet sind. In dem Alter steht Freundschaft für Zusammenhalt und Du kannst Dich an einer größeren Gruppe orientieren. Dies wirkt sich positiv auf Deine soziale Entwicklung, Deine Kommunikationsfähigkeit und Dein Selbstwertgefühl aus.

Nach der Grundschule werden Deine Freundschaften tiefer. Die Beziehung und die Persönlichkeit der Anderen stehen im Vordergrund. Ihr löst gemeinsam Probleme, geht Kompromisse ein und baut Vertrauen auf. Gemeinsam geht Ihr durch dick und dünn. So leicht kann eine Freundschaft dann nicht mehr kaputt gehen. Nicht immer hält eine Freundschaft für das ganze Leben. Du lernst aber, was es heißt, Freundschaften zu pflegen. Du lernst, dass eine enge Bezugsperson sehr wichtig ist und wie wichtig es ist, sich gegenseitig emotional zu stabilisieren. Dazu müsst Ihr nicht andauernd etwas miteinander unternehmen.

Wie erkennt man einen echten Freund?

Du erkennst einen wahren Freund erst dann, wenn Du mal in Schwierigkeiten steckst und er weiter an Deiner Seite ist. Er hilft Dir durch schwere Zeiten hindurch, bei Krankheiten, bei einem Todesfall und so weiter. Er ist immer für Dich da und steht auch unangenehme Situationen mit Dir durch. Er ist auch bei Dir, wenn es nicht so einfach ist, die richtigen Worte zu wählen. Es gibt Augenblicke, in denen nur geschwiegen oder geweint wird und er ist an Deiner Seite. Muss einmal fest zugepackt werden und Du brauchst Hilfe, dann ist er da.

Das Vertrauen

Ein wahrer Freund ist der, dem Du vertrauen kannst, denn auf sein Wort ist Verlass. Das zeugt von Beständigkeit und Du hast das Gefühl, Dich bei ihm sicher zu fühlen. Das Vertrauen ist die Grundlage für eine gute Freundschaft und je mehr Zeit vergeht, desto stärker wird die Freundschaft. Es entsteht durch Vertrauen eine Tiefe in Eurer Freundschaft, denn Ihr könnt Euch die Wahrheit sagen und seid ehrlich zueinander.

Ehrlichkeit

Durch Transparenz bist Du einschätzbar. Arglistige Täuschung hat nichts mit einer guten Freundschaft zu tun. Das gilt auch für eine absichtliche Lüge. Das Vertrauen wird so zerstört.

Verzeihen können

Fehler hat jeder Mensch. Jeder kann mal falsch auf etwas reagieren. Es kommt dann darauf an, wie jeder damit umgeht. Bist Du ein guter Freund, hältst Du Deinem Freund den Makel nicht vor. Zeigt er

Einsicht, verzeihst Du ihm und vergibst ihm. Damit ist das Thema dann durch.

Offenheit

Wie viel Du jemandem von Dir erzählst, hängt davon ab, wie groß Dein Vertrauen zu ihm ist. Nicht jeder ist ein offenes Buch, doch Offenheit bedeutet auch Chancen. Öffnest Du Dich anderen, merkst Du, dass Du mit Deinen Problemen nicht alleine bist und Andere ähnliche Probleme haben oder gehabt haben.

Authentizität

Du kannst in Anwesenheit Deines Freundes so sein wie Du bist. Du musst Dich nicht verstellen. Du wirst so gemocht, wie Du bist. Du kannst Du selbst sein und weißt, Dein Freund nimmt Dich so wie Du bist.

Respekt

Respekt versteht sich von sich selbst. Ihr achtet einander, erkennt Eure Leistungen an und schätzt Euch gegenseitig wert. So wird Euer Selbstbewusstsein gestärkt und ihr habt Glück. Schaut der Eine zu dem Anderen hoch, seid ihr nicht auf Augenhöhe, dann ist Euer Verhältnis nicht ausgeglichen.

Loyalität

Loyalität ist eine weitere Grundlage für eine wahre Freundschaft. Der gute Freund ist zu jeder Zeit treu. Keiner fällt dem Anderen in den Rücken, damit er einen persönlichen Vorteil hat.

Toleranz

Dein Freund kommt damit klar, wenn Du in manchen Dingen eine andere Meinung hast. Es wird akzeptiert und daran zerbricht die Freundschaft nicht. Unterscheiden sich die Ansichten, ist das eine Chance, seinen eigenen Horizont zu erweitern und das Leben wird farbenfroher.

Motivation

Hast Du einen Pessimisten zum Freund, wird er Dir keine große Hilfe sein. Freunde, die den Anderen bestärken, sind wichtig. Ist Dein Freund eine Motivationsbremse, dann ist es kein wahrer Freund. Wichtig sind Freunde, die an Dich glauben und Dich in dem, was Du tust, bestärken.

Positives Denken

Ein echter Freund ist ein Freund, der nicht dauernd nur negativ denkt und Dich immer runterzieht. Es ist wichtig, nach vorne zu schauen, negative Erfahrungen zu bearbeiten und zu versuchen, sie aufzugeben.

Der rote Faden

Er zieht sich durch eine echte Freundschaft durch. Ihr könnt Euch emotional austauschen über all das, was Ihr in Eurem Leben erlebt habt. Ein wahrer Freund nimmt wirklich Anteil an dem, was Du empfindest. Ihr tragt Euch gegenseitig nichts nach und begleitet Euch gegenseitig durch schlechte und schöne Emotionen.

Aushalten

Gute Freunde hören Dir zu, egal wie lange Du über das redest, was Dich beschäftigt oder wie oft Du schon das Gleiche erzählt hast. Sie sind da, wenn Du mal Dampf ablassen musst. Sie sind bei Dir, wenn Du einmal aggressiv bist, wütend und zornig. Sie können es aushalten, wenn Du mal weinst und weinen eventuell auch mit. Sie ertragen Deinen Seelenschmerz mit Dir. Dein guter Freund freut sich mit Dir, wenn Du Dich für etwas begeisterst oder etwas geschafft hast.

Wann bilden Kinder Freundschaften?

Die ersten Freundschaften entstehen im Alter von drei Jahren. Die Freundschaften werden schnell geschlossen, aber ebenso schnell auch wieder beendet. Kinder, zu denen mehr Kontakt besteht, sind länger Freunde, egal ob Junge oder Mädchen. Schnell sind aber auch diese Freundschaften eventuell wieder beendet, auch wenn Ihr Euch schon über Probleme ausgetauscht habt. Tiefe Emotionen sind bei diesen Freundschaften noch nicht dabei. Sie beziehen sich eher auf das gemeinsame Spiel. Im Grunde ist jeder, mit dem Du dann spielst, Dein Freund. Im Vorschulalter kommt es zu den ersten festen Bindungen. Dann beginnt der Austausch von gemeinsamen Erfahrungen, was die Freundschaft festigt. In der Zeit sind die Freundschaften eher auf das eigene Geschlecht bezogen. Ihr grenzt Euch von anderen ab, da Ihr eigene Freundschaftsrituale habt und Geheimnisse miteinander teilt. Das stärkt Eure gemeinsame Bindung. Die Jungen orientieren sich eher praktisch. Freundschaft bedeutet für sie gleiche Interessen und gemeinsame Unternehmungen. Mädchen hingegen haben engere Freundschaften. Ihre Bindung erfolgt durch die verbale Kommunikation. Freundschaften, die in Kindertagen begonnen wurden, können ein Leben lang halten. Für Deine Entwicklung sind Freundschaften sehr wichtig. Sie wirken sich positiv auf Deine seelische Gesundheit aus. Auseinandersetzungen austragen und Erfahrungen gemeinsam erleben, sind ein Teil der Freundschaft.

Welche Bedeutung hat eine beste Freundin?

In Deinem Leben ist Deine beste Freundin ein ganz besonderer Mensch. Sie weiß meistens mehr über Dich als Deine Eltern oder später der Partner. Damit es zu einer innigen Freundschaft kommen kann, dauert es sicherlich ein bisschen. Du solltest nicht jedes andere Mädchen, die sich mit Dir verabreden möchte, als beste Freundin ansehen. Hierhin sollte es nur ein ganz besonderer Mensch schaffen, ein Mensch, der den Titel „beste Freundin“ auch wirklich verdient hat.

Die Macken

Jeder Mensch hat so seine Macken. Deine beste Freundin nimmt Dich so wie Du bist. Für sie sind die Macken keine Macken, sondern sie sieht sie als Deine liebenswerten Besonderheiten und nimmt auf diese Rücksicht. Die Besonderheiten sind genau „das“, was Dich zu dem

Mensch macht, der Du bist. Deine beste Freundin weiß diese zu schätzen. Das hat seinen Grund. Sie hat schließlich auch ihre Macken.

Nichts ist peinlich

Es ist ganz egal, ob Du Dich mit der besten Freundin in der gleichen Kabine im Schwimmbad umziehst, ihr zusammen zur Toilette geht oder einer von beiden gerade einen Pickel an einer nicht sichtbaren Stelle hat. Mit ihr kannst Du über alles reden. Es gibt keine Tabus zwischen Euch. Das schweißt Dich und Deine Freundin jeden Tag mehr zusammen. Der Alltag ist mit keinem anderen Menschen so stressfrei, wie mit Deiner besten Freundin.

Verstehen ohne Worte

Die Beziehung zu Deiner besten Freundin ist der Beziehung, die Du zu Deinem Bruder oder Deiner Schwester hast, ähnlich. Ihr kennt Euch viele Jahre und vertraut einander blind. So wisst Ihr auch ohne Worte, was der Andere sagen möchte. Möchtest Du wissen, was Deine Freundin zu einem bestimmten Thema denkt, brauchst Du sie dafür einfach nur anzuschauen. Ihr Gesicht liest sich für Dich wie ein Buch und umgekehrt. Das Beste daran ist, dass kein Anderer Eure Unterhaltung versteht.

Was kann ich machen, wenn ich keine gute Freundin habe?

Es gibt verschiedene Gründe, warum Menschen keine Freunde haben. Der Umzug in eine neue Stadt, es fehlt die Zeit, Freundschaften zu knüpfen oder man möchte gar keine Freundin und fühlt sich alleine am wohlsten. Bist Du aber jemand, der gerne eine gute Freundin hätte, aber es bei Dir nicht klappt, kann das bestimmte Gründe haben.

Mit sich selbst im Reinen

Du magst Dich selber nicht gerne? Wie sollen es dann die Anderen tun? Eine positive Einstellung zu Dir selbst ist wichtig. Dann wirkst Du anziehend auf andere Menschen. Arbeite daher an Deinem Selbstwert. Du bist ein toller Mensch und gut so wie Du bist. Zeige den Anderen das.

Fehlendes Vertrauen

Du bist anderen Menschen gegenüber skeptisch. Es kann sein, dass Du schon einige Male von Menschen verletzt wurdest und Du kein Vertrauen mehr zu anderen hast. Du fragst Dich dann vielleicht, warum die Person mit Dir Kontakt haben möchte und er den wahren Grund verbirgt oder er ist vielleicht einfach nur höflich. Denkst Du so, dann sind das Gedanken, die Dir im Weg stehen, wenn Du auf der Suche nach Freunden bist. Versuche, anderen zu vertrauen. Auch wenn Du damit mal auf die Nase fällst, Du wirst auch gute Erfahrungen machen.

Schüchternheit

Du bist eher von der schüchternen Sorte und traust Dich nicht auf andere zuzugehen. Lieber wartest Du, bis Dich jemand anspricht. Doch das kann auch schiefgehen. Kommt keiner auf Dich zu, dann versuche, aus Deinem Schneckenhaus herauszukommen und traue Dich einfach mal. Sprich einen Kollegen oder Bekannten einfach mal direkt an, ob Du bei der Aktivität dabei sein kannst. Es ist nicht schlimm, keine Freunde zu haben. Manche Menschen haben ganz bewusst keine Freunde, weil sie lieber ohne andere Menschen sind. Das ist ganz normal, nur eher selten. Daher wird es als unnormal abgestempelt, was es aber nicht ist.

Die falschen Freunde

Du wärst gerne jemandes beste Freundin, an den Du aber einfach nicht ran kommst. Dann soll das wohl so sein. Die Person und Du passt nicht zusammen. Versuchst Du, auf Teufel komm raus, eine Freundschaft aufzubauen, dann kann diese Aktion nur schiefgehen. Achte darauf, Dich mit Leuten zu umgeben, mit denen Du Gemeinsamkeiten hast. Dann ist schon mal die Basis für die Freundschaft gefunden.

Suche an den falschen Orten

Es kann sein, dass Du nicht die richtigen Plätze bei Deiner Suche aufsuchst. In einem Sportverein lernst Du eher andere kennen, als, wenn Du in einem Schachverein bist. Gibt es Cliquen, ist es noch schwerer, in diese hereinzukommen. Schaue mal, ob Du Personen findest, die ebenfalls kaum Anschluss finden. Es kann ja sein, dass ihr super zusammen passt. In den digitalen Zeiten ist das Internet eine weitere Möglichkeit, Dir Freunde zu suchen. Du könntest Leuten mit denselben Interessen anschreiben.

Extrem sensibel

Du bist jemand, der sich schnell aufregt, schnell gereizt reagiert, oft zynisch ist und es fällt Dir schwer, Spaß zu haben. Auf andere kann das eine abschreckende Wirkung haben. Dann arbeite daran. Du kannst Entspannungsübungen machen oder auch, wenn es ganz schlimm ist und Du alleine nicht weiterkommst, eine Psychotherapie machen.

Zu schnell aufgeben

Gib nicht direkt auf, wenn die Anderen nicht gleich Interesse an Dir zeigen. Es kann sein, dass es zwischen Euch einfach nicht passt oder es braucht bei Euch seine Zeit, um Euch anzunähern. Du kannst mehrere Treffen vorschlagen. Wirst Du dennoch andauernd vertröstet, dann nutze Deine Zeit nicht länger für diese Person und richte Dein Augenmerk auf andere.

Zu wenig unternehmen

In der heutigen Zeit haben Schüler nach der Schule weniger freie Zeit als von 20 Jahren. In der Schule bist Du auch immer von denselben Menschen umgeben. Ist darunter niemand, mit dem Du befreundet sein möchtest, musst Du andere Wege gehen. Werde aktiv. Suche Dir Hobbys, bei denen Du mit anderen zusammen bist. Das kann die Musik sein, der Sport, das Theater, eine ehrenamtliche Arbeit und so weiter. Denke darüber nach, woran Du Spaß hast.

Kinderfreundschaften sind wichtig für die Entwicklung

Für Kinder sind Freundschaften wichtig. Ab dem dritten Lebensjahr wird die Freundschaft sowie die Beziehung zu anderen Kindern wichtiger als vorher. Davor geht es um Verfügbarkeit und Spielkompetenz und nicht um die Persönlichkeit vom Spielkameraden. Da wechseln die Freundschaften dann schnell. In der Zeit sind alle Menschen Freunde, die nett zu Dir sind, wie Mama, Papa, Oma, das Nachbarskind, der Hund des Nachbarn oder der Postbote. Dennoch ist es auch in dem Alter bereits möglich, intensive und langanhaltende Freundschaften zu knüpfen.

Ab dem vierten Lebensjahr holst Du Dir Dein Wissen mehr über die Emotionen. Für später ist das auch für die Entwicklung der Empathie wichtig. Freundschaften werden im Grundschulalter nicht mehr so spontan eingegangen. Zudem dauern die Freundschaften, die eingegangen werden, auch länger. Du bist immer mehr dazu fähig, Dich in andere Menschen hineinversetzen zu können. Das wirkt sich auch auf die Qualität der Freundschaft aus. Ihr tauscht Sticker aus und Süßigkeiten und teilt Eure Geheimnisse und Gefühle. Der Freund sollte nun nicht nur bei Problemen mit den Hausaufgaben helfen, sondern Dir auch bei einem Streit oder anderen Problemen beistehen.

Ab dem Zeitpunkt der Vorpubertät geht es bei Freundschaften immer mehr um ähnliche Überzeugungen, gemeinsame Interessen und Werte.

Freundschaft als Entwicklungshelfer

Neben Deiner Familie sind Freunde für Deine Entwicklung sehr wichtig. Versuchst Du Dich mit Freunden auf bestimmte Regeln zu einigen, dann lernst Du dadurch mehr, als wenn alles von vorneherein von einem Erwachsenen bestimmt wird. Unter Freunden wird dann zugehört, argumentiert, formuliert, freigesprochen und gemeinsam eine Lösung gefunden. Es sind dann auch mal unschöne Rückmeldungen mit dabei. Diese helfen Dir bei Deiner Entwicklung eines realistischen

Selbstbildes. Du kannst nirgends anders so gut spiegeln, beobachten und vergleichen wie im Kreis Deiner Freunde. Zudem lernst Du in Deinen Kinderfreundschaften für Deine späteren Beziehungen. In der Freundschaft probst Du, wie Du mit Nähe, Streit, Trennung und großen Gefühlen klarkommst.

Warum nerven Jungs mit 10 Jahren so?

Bei manchen Jungs beginnt die Pubertät schon mit zehn Jahren. Außer, dass sich der Körper stark verändert, verändern sich auch die Psyche und die Seele. Sie haben Stimmungsschwankungen, die im Grunde täglich vorkommen. Hinzukommen Protesthaltungen und Aggressionen. Häufig geben die Jungs sich nach außen hin rebellisch, streitlustig und machohaft. Doch eigentlich sind sie in ihrem Inneren unsicher. Ein stetiger Kampf, den der Junge mit sich selbst austrägt, und häufig wird er in dieser Zeit zum Einzelgänger. Andere aber brauchen Bestätigung und suchen sich diese in einer Clique. Da kann es passieren, dass sie auch mal bei Aktionen über die Stränge schlagen. Während der Pubertät suchen Jungs nach ihrer Persönlichkeit. Manchen gelingt dies am besten, wenn sie sich abgrenzen und rebellieren. In dem Alter kommt auch die Trotzphase.

Jungs ärgern mich immer. Was mache ich falsch?

Die Jungs in Deiner Schule oder in Deiner Klasse ärgern Dich immer? Du solltest Dir daraus nichts machen, denn Jungs sind einfach so. Es macht ihnen ausgesprochen viel Spaß, gerade die Mädchen zu ärgern. Solltest Du dies überhaupt nicht leiden, dann solltest Du darauf nicht eingehen, denn, wenn Du Dich nicht offensichtlich ärgern lässt, macht es den Jungs irgendwann keinen Spaß mehr. Sie werden sich ein anderes Mädchen suchen, welches sie in Zukunft ärgern können. Sicherlich ist dies nicht nett, aber wie gesagt, Jungs sind einfach so, sie ärgern gerade Mädchen besonders gerne. Sie hoffen auf eine Reaktion oder denken, dass sie sich auf diese Art und Weise bei dem Mädchen oder bei anderen Mitschülern beliebt machen können. Sie verstehen nicht, dass sie oftmals genau das Gegenteil erreichen.

Beim Ärgern gibt es natürlich auch gravierende Unterschiede. Es kann sein, dass Dich die Jungs einfach nur ein bisschen auf die Schippe nehmen möchten und mit Dir Spaß haben wollen, es kann aber auch sein, dass diese Dich mobben. Es ist nicht immer einfach, hier einen Unterschied zu erkennen. Bist Du von dem Jungen eher genervt oder bist Du zutiefst verletzt und traurig. Sollte Letzteres der Fall sein, dann könnte es sich um Mobbing handeln und Du solltest mit einer vertrauten Person sprechen. Rede mit Deinen Eltern, älteren Geschwistern oder Deiner besten Freundin und höre Dir an, was sie dazu zu sagen haben. Bitte lieber einmal mehr um Hilfe, als alles in Dich hineinzufressen. Solltest Du Angst haben, noch in die Schule gehen zu müssen, wird es spätestens dann höchste Zeit, etwas gegen die Attacken des Jungen zu unternehmen. Ein klärendes Gespräch kann hier oftmals ausgesprochen hilfreich sein.

Mädchen können nicht nachvollziehen, warum Jungs sie andauernd ärgern. Die Jungs verstehen nicht, warum die Mädchen darauf so genervt reagieren. Oft ist das Ärgern des Anderen nur ein Zeichen dafür, dass derjenige Aufmerksamkeit möchte. Der Junge will von Dir beachtet werden und dass Du Dich an ihn erinnerst. Das hat nicht unbedingt etwas mit Liebe oder dem Verliebtsein zu tun. Es ist einfach nur eine gewisse Sympathie, weshalb der Junge Dich immer wieder kontaktiert. Du bist davon genervt und er stört Dich.

Kann ich auch einen Jungen als besten Freund haben?

Jungs sind nicht immer doof, eingebildet oder Streber. Jungs können auch echt tolle Zuhörer sein. Also warum nicht einen Jungen als besten Freund haben? Manchmal ist es so, dass man sich im Kindergarten bereits gut verstanden hat, dass die Eltern eventuell befreundet sind oder das Ihr Nachbarn seid und immer hinterm Haus zusammen gespielt habt. Es hat sich eine Freundschaft entwickelt, die auch während der Schulzeit oder sogar darüber hinaus anhält. Freundschaften zwischen einem Jungen und einem Mädchen sind etwas Besonderes und können sehr intensiv sein. Es sollte daher niemals ausgeschlossen werden, dass Du auch mit einem Jungen eine tolle Freundschaft führen können solltest.

Du solltest jedoch darauf achten, dass diese Freundschaft zu einem etwa gleichaltrigen Jungen gepflegt wird und dass Du diesen Jungen auch im realen Leben kennst. Eine Internetfreundschaft ist nicht empfehlenswert, gerade dann nicht, wenn Du den Jungen noch nie wirklich gesehen hast. Hinter einer solchen angeblichen Freundschaft kann viel mehr stecken und es könnte sogar gefährlich für Dich werden.

Ein Freund ist jemand, dem Du alles anvertrauen kannst. Ihr seid ehrlich zueinander und braucht keine Worte, um Euch zu verstehen. Ihr habt gemeinsame Interessen und den selben Humor. Ihr verbringt gerne Zeit zusammen. Ihr habt eine gewisse körperliche Nähe, die Ihr genießen könnt, ohne dass es bei Euch um Sex geht. Euch beiden ist klar, da läuft nichts zwischen Euch. Gerne seid Ihr Euch nah, kuschelt miteinander, wie Du es auch mit Deiner Freundin machen würdest.

Warum guckt er mich immer so komisch an?

Irgendwann kommt es vor, dass Du Blicke bemerkst, Blicke von einem anderen Jungen und Du fragst Dich, warum er Dich immer so anschaut. Hast Du vielleicht Essensreste im Gesicht oder ist etwas mit Deiner Kleidung nicht in Ordnung? Sitzen Deine Haare vielleicht nicht richtig oder warum guckt er mich immer wieder so seltsam an? Ist Dir vielleicht schon einmal der Gedanke gekommen, dass der Junge Dich mag, dass er vielleicht einfach mal etwas mit Dir unternehmen möchte, sich aber nicht traut, Dich zu fragen? Jungs sind hier ähnlich wie Mädchen gestrickt, sie trauen sich oftmals nicht, aber würden dies niemals ihren Kumpels gegenüber zugeben. Jungs möchten oft keine Schwäche zeigen und cool rüberkommen.

Magst Du den Jungen auch? Wie wäre es denn, wenn Du ihm zulächeln würdest, wenn er Dich das nächste Mal anschaut? Er wird dann merken, dass Du ihn auch magst. Warum solltest Du ansonsten zurücklächeln? Du kannst ihn natürlich auch ansprechen, wenn Du den Mut dazu aufbringen kannst und ihn von Dir aus fragen, ob er Lust hat, mal etwas mit Dir zu unternehmen. Vielleicht ist er so überrascht, dass er nein sagt, aber Du hast es geschafft, dass er in jedem Fall über Dich nachdenken wird. Du kannst natürlich auch einen Kinonachmittag vorschlagen, so in die Gruppe hinein und vielleicht mag er auch mitkommen. In der Gruppe ist es immer einfacher, eine Freundschaft zu entwickeln. Zumindest am Anfang. Später, nach ein paar Gesprächen, könnt Ihr Euch immer noch alleine verabreden oder es ergibt sich ganz einfach.

Manchmal ist es schwer zu ergründen, warum der Junge Dich so anschaut. Manchmal bedeutet der Blick, dass er Dich sympathisch findet. Doch nicht immer ist die Bedeutung des Blicks tiefer. Ist ein Junge an Dir interessiert, dann wird er Dich oft und lange anschauen. Normalerweise schauen sich Menschen nicht lange gegenseitig in die Augen. Selbst bei einem Gespräch kommt es immer wieder zum Wechsel zwischen dem direkten Augenkontakt sowie dem abwechselnden seitlichen Wegschauen. Schaut er Dich also richtig lange an, länger als es normal ist, dann wird das seinen Grund haben. Es gibt weitere kleine Anzeichen, an denen Du erkennen kannst, dass er Dich sympathisch und attraktiv findet. Er lächelt zum Beispiel leicht und es bilden sich um die Augen kleine Lachfalten. Er hat allgemein einen freundlichen Gesichtsausdruck. Das heißt aber nicht, dass ein Junge, der Dich nicht anschaut, Dich nicht sympathisch findet. Auch Jungs können schüchtern sein und trauen sich nicht, Dich anzuschauen. Doch schaut er eher verstohlen und wirft Dir kurze Blicke zu, die sich aber wiederholen und der Junge ist insgesamt als schüchtern bekannt, kann das auch ein Hinweis darauf sein, dass er Dich sympathisch findet.

Die Pupille

Die Pupille befindet sich in der Mitte des Auges. Das Licht fällt durch sie auf die Netzhaut. Fällt Licht hinein, zieht sie sich zusammen. In der Dunkelheit dehnt sie sich. Sie reagiert zudem auf emotionale Zustände. Schaut der Junge Dir in Deine Augen und seine Pupillen wirken geweitet, kann dies bedeuten, dass er unruhig oder aufgeregt ist. Es ist diese Art von Unruhe, die empfunden wird, wenn man jemanden sieht, den man mag.

Dennoch ist ein Blick nicht eindeutig zu interpretieren. Sind die Pupillen beim Jungen erweitert, können dafür auch andere Gründe vorliegen, wie zum Beispiel ein Lichteinfall, der geringer wird, aufgrund der Dämmerung oder einen Schatten. Fällt Dir aber auf, dass seine Pupillen plötzlich größer werden, wenn er Dich anblickt, kann es sein, dass er wirklich Interesse an Dir hat.

Haben Jungs die gleichen Pubertätsprobleme wie wir Mädchen?

Vielleicht wird es Dich freuen, aber auch Jungs haben unter Pubertätsproblemen zu leiden. Bei ihnen sind diese sogar noch um ein Vielfaches stärker ausgeprägt als dies bei Mädchen der Fall ist. Jungs leiden häufig unter psychosomatischen Beeinträchtigungen und unter psychischen Belastungen. Sicherlich ist das bei Mädchen ebenso der Fall, jedoch nicht ganz so stark ausgeprägt, wie es bei Jungs der Fall ist. Jungs können während der Pubertät ein aggressives Verhalten an den Tag legen und sogar zu Hyperaktivität neigen. Mädchen sind eher zickig und ziehen sich oftmals zurück. Vor der Pubertät kann niemand entkommen, denn egal, ob bei einem Jungen oder Mädchen, die Pubertät betrifft jeden, sie äußert sich nur unterschiedlich.

Es ist ausgesprochen wichtig, bei Jungen, wie bei Mädchen, dass sich diese unter Kontrolle kriegen, weil sonst könnte das Leben für die pubertierenden Teenies extrem anstrengend werden und auch für ihr Umfeld. Es passiert häufig, dass Eltern genau in dieser Zeit, den Draht zu ihrem Kind verlieren, was diese sehr traurig macht. Ist die Pubertät jedoch überstanden, dann ist das Verhältnis entweder besser als jemals zuvor oder es haben sich Konflikte eingestellt, die manchmal nicht mehr zu klären sind. Gott sei Dank kommt eine solche Situation nur sehr selten vor, denn meistens bemerken die Jugendlichen, dass sie sich falsch verhalten haben und lenken ein oder ändern ihr Verhalten automatisch.

Mädchen zeigen in der Pubertät nach innen gerichtete Verhaltensweisen, wie beispielsweise Essstörungen. Bei Jungs sind diese eher nach außen gerichtet, wie beispielsweise die Aggressivität. Mädchen klagen in der Pubertät mehr über Unwohlsein und Beschwerden als es bei den Jungs der Fall ist. Sie gehen öfter zum Arzt und nehmen auch mehr Medikamente. Zu den Beschwerden gehören Kopfschmerzen, Unruhe, Nervosität und Konzentrationssc hwierigkeiten. Bei Mädchen kann die Pubertät schon mit 9 Jahren beginnen. Jungs kommen erst mit elf in die Pubertät. In der Pubertät leiden die Mädchen eher unter Stimmungsschwankungen. Jungs hingegen suchen gerade während dieser Zeit nach dem Kick. Länger als die Mädchen reagieren sie impulsiv und unkontrolliert.

Es ist schön, ein Mädchen zu sein

Es ist wirklich schön, ein Mädchen zu sein, denn Mädchen haben einen tollen Charakter, sie können sich toll zurecht machen und haben eine ganz eigene Art, wie sie sich präsentieren. Mit Mädchen kann man sich super unterhalten und ihnen auch Geheimnisse anvertrauen, was nicht nur andere Mädchen toll finden, sondern auch Jungs zu schätzen wissen. Es ist einfach ein tolles Gefühl, ein Mädchen zu sein, denn Du hast so viele Möglichkeiten, die Du in Deinem Leben ausschöpfen kannst und auch solltest.

In den meisten Fällen lieben Mädchen andere Dinge, als dies Jungs tun, aber das ist auch absolut in Ordnung so. Es gibt nur sehr wenige Mädchen, die gerne Fußball spielen, die sich gerne im Dreck suhlen oder die sich auch mal gerne prügeln. Bei Jungs sieht das alles etwas anders aus. Mädchen legen in der Regel ausgesprochen großen Wert auf ihr Aussehen, lieben Klamotten und Schminke und sind meistens die Ersten, die sich verlieben. Sie sind wesentlich emotionaler und sprechen auch mal gerne über ihre Gefühle. Es ist schön, ein Mädchen zu sein, weil man eine Powerlady sein kann und weil Mädchen wesentlich mehr aus ihrem Aussehen machen können, als dies bei einem Jungen der Fall ist.

Du solltest stolz sein, dass Du ein Mädchen bist und ich bin mir sehr sicher, dass Du nicht nur ein hübsches, sondern auch ein liebenswertes Mädchen bist. Mädchen sind starke Frauen. Was glaubst Du, warum diese die Kinder bekommen? Weil Mädchen einen größeren Schmerz ertragen können, wenn es darauf ankommt. Mädchen haben natürlich auch eine weiche Seite und das ist absolut ok so, denn auch diese Seite ist an einem Mädchen ausgesprochen liebenswert. Es heißt immer, dass Mädchen häufig und oft weinen, das ist aber gar nicht schlimm, denn Mädchen sind einfach sehr gefühlvoll und Gefühle zu zeigen ist doch kein Problem, sondern sehr schön.

In vielerlei Hinsicht sind Mädchen wesentlich vernünftiger als Jungs. Sie denken über eine zu treffende Entscheidung ausgiebig nach, weil sie die richtige Entscheidung treffen möchten. Sie hören nicht nur auf ihr Bauchgefühl, sondern hinterfragen dieses und ziehen ihr Herz zu rate. Komischerweise halten Mädchen auch wesentlich mehr aus, wenn sie einmal krank sind, als dies bei Jungs oftmals der Fall ist. In vieler Hinsicht sind Mädchen auch mutiger, doch hier solltest Du zwischen Mut und Verrücktheit unterscheiden. Es ist schon bemerkenswert, wie sehr sich Mädchen für eine bestimmte Sache einsetzen können, wie viel Motivation und Hingabe sie in eine bestimmte Sache hineinlegen können. Sicherlich ist das auch bei Dir so. Wenn Du Dir etwas in den Kopf gesetzt hast, dann möchtest Du es um jeden Preis durchsetzen, oder? Nicht immer wirst Du damit erfolgreich sein, aber es zählt der Versuch. Du hast es ausprobiert. Mädchen sind in jeder Hinsicht eine ganz besondere Persönlichkeit.

FAQ - Alles Wissenswerte im Überblick

Warum nerven Eltern mit 10 Jahren?

Mit 10 Jahren fängt es an, dass Du Dich auf neue, andere, spannende Themen konzentrierst und zudem fangen Deine Hormone an, sich ihren eigenen Weg zum Erwachsenwerden zu suchen. Die Eltern meinen es gut und möchten nur das Beste für ihr „kleines Mädchen", aber Du fühlst Dich bevormundet und bist genervt. Du hast jetzt Deinen eigenen Kopf.

Warum lassen mich meine Geschwister nicht mal in Ruhe?

Geschwister, ob jünger als Du oder älter, sie möchten immer im Mittelpunkt stehen. Die kleinen Geschwister finden es spannend, bei ihrer großen Schwester im Zimmer spielen zu können, denn da kann man so viel entdecken. Deine älteren Geschwister möchten oftmals ihre Macht ausspielen und Dir zeigen, was sie schon alles können und dürfen. Ein ganz normaler Verlauf zwischen Geschwistern.

Welche Interessen haben 10 jährige Mädchen?

10 jährige Mädchen lassen sich schnell für etwas begeistern. Tiere stehen ganz hoch im Kurs, aber auch Basteln ist sehr begehrt in diesem Alter. Sich mit der besten Freundin treffen und vielleicht ins Kino gehen, gehört ebenfalls zu den Lieblingsbeschäftigungen von 10 jährigen Mädchen. Sie backen aber auch teilweise sehr gerne, lieben Übernachtungspartys oder verbringen gerne mal einen Tag im Freizeitpark.

Was passiert so in der Schule?

In der Schule wird sich mit 10 Jahren so einiges ändern. Eventuell steht ein Schulwechsel an und es lassen sich neue Freundschaften schließen. Schule kann oftmals nervig sein, gerade in dem Alter, denn man hat andere Dinge im Kopf als für eine Arbeit zu lernen oder einen Text auswendig zu können. Jungs sind manchmal ebenfalls mit 10 Jahren ein Thema und man muss erst einmal zu verstehen lernen, was jetzt mit einem passiert. Was bedeuten die komischen Gefühle, die in einem aufkommen?

Ist die Pubertät eine Krankheit?

Jedes Mädchen, aber auch jeder Junge, kommt in die Pubertät. Das war schon bei den Eltern so. Hierbei handelt es sich keinesfalls um eine Krankheit, sondern um eine Veränderung der Gefühle und des Aussehens. Aus einem Mädchen wird nun langsam eine Frau. Es ist ausgesprochen wichtig, dass dieser Schritt gegangen wird. Manche Mädchen geraten eher in die Pubertät, als dies bei anderen Mädchen der Fall ist, aber das ist auch ganz normal. Die Pubertät kann zudem schubweise auftreten und sie endet ebenfalls bei jedem in einem anderen Alter.

Welche Hobbys haben 10 jährige Mädchen?

Viele 10 jährige Mädchen lassen sich von Pferden begeistern, denn Reiten ist das schönste Hobby in diesem Alter. Nicht nur Tiere stehen jedoch im Vordergrund, denn es wird auch sehr gerne gebastelt oder man spielt gerne Gesellschaftsspiele. 10 jährige Mädchen gehen zudem auch immer wieder gerne einem Sport nach oder lernen, aus Leidenschaft zur Musik, ein eigenes Instrument zu spielen. Die Nullbock-Phase ist ebenfalls ganz normal und man muss sich diesbezüglich keine Sorgen machen. 10 jährige Mädchen verspüren oftmals den Gedanken, dass sie gerade zu nichts Lust haben, was sich aber auch wieder ändern wird.

Warum macht Schule keinen Spaß?

Schule macht eigentlich Spaß, aber es kommt hier auf ein paar Faktoren an, damit dies der Fall ist. Ist die beste Freundin in der gleichen Klasse? Spricht mich das Thema, welches wir gerade durchnehmen, an? Mag ich den Lehrer bzw. die Lehrerin? Gibt es einen Jungen in meiner Klasse oder an meiner Schule, den ich besonders gerne habe? Stimmen diese Faktoren, dann ist Schule cool. Stressig wird es erst, wenn man sich auch noch zuhause hinsetzen muss und stundenlang an den Hausaufgaben hängt oder für eine Arbeit lernen muss, denn eigentlich würde man sich viel lieber mit Freunden treffen.

Was kann ich gegen Mobbing machen?

Mobbing gibt es leider immer wieder und wird es wohl auch immer wieder geben. Leider trifft es oftmals die Personen, die sich gegen Mobbing nicht auflehnen, die dafür bekannt sind, dass sie sich alles gefallen lassen. Wird man gemobbt ist es ganz wichtig, dass man die ausübenden Personen zur Rechenschaft zieht. Erst einmal sollte man das Gespräch mit dem Klassenlehrer suchen oder sich an den Vertrauenslehrer wenden. Der nächste Schritt wäre der Schulleiter und sollte dies alles nichts bringen, ist es wichtig, auch die Eltern der ausführenden Schüler anzusprechen. Wie der Verlauf letztendlich aussehen wird, ob es noch zu einer Anzeige kommt, spielt keine Rolle. Wichtig ist, dass man sich Hilfe holt, denn ansonsten wird das Mobbing niemals aufhören. Man sollte sich auf jeden Fall dagegen wehren.

Wie erkenne ich eine beste Freundin?

Eine beste Freundin erzählt niemals Geheimnisse weiter, sie ist auch dann da, wenn es Dir einmal nicht gut geht und Du jemanden zum Reden brauchst. Sie zeigt Dir, dass sie ihre freie Zeit gerne mit Dir verbringt und fragt Dich auch mal, wie es Dir geht. Sie erzählt Dir auch ihre Geheimnisse, weil sie genau weiß, dass diese bei Dir gut aufgehoben sind und auch Du ein Geheimnis für Dich behalten kannst.

Warum sind Jungs eigentlich doof?

Jungs können manchmal ganz schön nervig sein. Sie ärgern Mädchen gerne und lassen sich immer wieder etwas Neues einfallen, damit Du Dich unwohl fühlst. Sie lachen die Mädchen gerne aus und machen alles das, was Mädchen gar nicht gerne mögen. Sie sind dafür bekannt, dass sie lästern und die Mädchen auch gerne mal veräppeln, sodass die ganze Klasse lachen muss. Jungs können manchmal ganz schön doof sein. Oftmals sind sie dies jedoch gar nicht, sondern sind eher schüchtern und trauen sich vor ihren „Kumpels“ nicht zu sagen, dass sie ein Mädchen gut leiden können. Dies könnte ja ein Eingeständnis von Schwäche sein.

Danke

Danke, dass Du mein Buch gelesen hast. Ich hoffe, dass ich Dir ein paar wertvolle Tipps und Informationen geben konnte. Ich hoffe ebenfalls, dass es ein paar Stellen in meinem Buch gegeben hat, die Du lustig fandest. Denke zudem immer daran: Eltern und auch Geschwister können anstrengend sein, aber Du kannst es auch für sie sein. Vielleicht konnte ich Dir sogar ein paar wertvolle Tipps geben und Du hast Lust bekommen, diese einmal selbst auszuprobieren. Ich wünsche Dir viel Spaß bei der Umsetzung und eine richtig tolle Zeit. Ich bin mir sicher, dass Du sie genießen wirst.

Rechtliches

Rückfragen, Lob oder Anregungen?

E-Mail: autor.berg@gmail.com

Impressum

Die Autorin Sarah Berg ist vertreten durch:

Aziz Ünal

Alzeyer Str. 20

55278 Undenheim

1. Auflage 2022

Printed in Germany
by Amazon Distribution
GmbH, Leipzig

28044310R00057